切开

的忧郁
洋郁
葱

毕淑敏 著

CNS 湖南文艺出版社 博集天卷
PUBLISHING & MEDIA HUNAN LITERATURE AND ART PUBLISHING HOUSE CS-BOOKY

图书在版编目（CIP）数据

切开忧郁的洋葱 /毕淑敏著. —长沙：湖南文艺出版社，
2012.10
ISBN 978-7-5404-5582-8

Ⅰ. ①切… Ⅱ. ①毕… Ⅲ. ①散文集 – 中国 – 当代
Ⅳ. ①I267

中国版本图书馆CIP数据核字（2012）第093042号

上架建议：名家经典|散文

切开忧郁的洋葱

作　　者：毕淑敏
出 版 人：刘清华
总 策 划：谢不周
创意推广：帝瑚文化传播有限公司
责任编辑：丁丽丹　刘诗哲
监　　制：张应娜
特约编辑：丛龙艳
封面设计：耶律阿宝猪
版式设计：共振设计
出版发行：湖南文艺出版社
　　　　　　（长沙市雨花区东二环一段508号　邮编：410014）
网　　址：www.hnwy.net
印　　刷：北京通州皇家印刷厂
经　　销：新华书店
开　　本：880mm×1230mm　1/32
字　　数：156千字
印　　张：8
版　　次：2012年10月第1版
印　　次：2013年6月第2次印刷
书　　号：ISBN 978-7-5404-5582-8
定　　价：28.00元

（若有质量问题，请致电质量监督电话：010-84409925）

我是从当医生开始频繁地使用文字，那时每日要写病历和死亡报告等医疗文书。那种文字必定是客观、安静、恭谨与精确的描述。文字的应用，说简单，真是再家常不过了。你可以没有一寸土地，没有一颗粮食，但你依然可以拥有语言和文字。书写这件事的最低要求，是要让别人明白你的意思。高一些的要求，是要把你的意思说得尽可能引人共鸣。这是尚未过时的需要苦修的教养，是一个人思维本质的外化。如同习武之人对剑技和刀法的淬炼，你得日日潜心钻研。

多年前，我在北京郊区的农村买了几间小房，院子空荡荡，有野鼠出没（常常希望有狐，可惜没见过）。到了初春，植树节后，我从苗圃买回两棵梧桐树。它们，光秃秃的，又细又轻，不见一丝绿意，活像搭蚊帐的旧竹竿。我挖了宽敞的坑将它们的根须埋下，底部还施了从集市买来的麻酱渣。我先生说，这地方咱也没有产权，人家说不定哪天就收回去了，似不必如此上心。我说，就算人家把房子收了，这树也依然会生长。我们还是善待它们吧。

我以前知道法国梧桐叫悬铃木，觉得起这名字的人富有想象力和诗意。待自己植了这树，才发现它们的果实真是太像悬挂的小铃了。再呆笨的人，也会让它们拥有这个名字。不知道是不是我那两桶麻酱渣滓的效力，梧桐树发愤图强努力长大，几年的工夫，已经有四层楼高了，皮青如翠，叶缺如花。阔大的叶子像相思的巨手，每晚都在风中傻呵呵地为自己鼓掌。秋天的时候，它们会结出圣诞铃铛般的果实，自得其乐地晃荡着，发出我们听不见的叮当之响。阳光透过叶子抛洒在地面上，红砖墁砌的地就被染上点点湿绿，重叠成深沉的暗咖色。我懊恼地想，早知道梧桐绿得这样狠，不如当初垫了灰蓝的砖，索性让它们碧成一坨，比如今这般缠丝玛瑙似的绞着好。

突然，我看到头顶的斑驳中有一只清爽的鸟，在绿叶中跳跃，好像在和另外一只鸟捉迷藏。细细看去，其实并没有另外一只鸟，它是单身。但如果没有另外一只鸟，它如此执着地在我家悬铃木上钻来掠去，是何用意呢？想起"却是梧桐且栽取，丹山相次凤凰来"，莫非凤或凰的雏鸟被我家的梧桐引了来？成年的它们是绚彩的，个知幼小时也曾披过素衣？

人无法猜透一只鸟的心思，就像我们无法洞彻人生。不像梧桐是先知先觉的，它和秋天有秘密的联络孔道。要不，怎么会"梧桐一叶落，天下皆知秋"呢。

好几天，那鸟不辞劳苦地穿行于我家的悬铃木间，看得出它更属意东面的那一棵。我现在已经辨认出它是一只喜鹊，不是那种灰头土脸、吃松毛虫的小个子灰喜鹊，而是眉清目秀、黑白相间的长尾巴花喜鹊。

它来我家的时候，像一架民航货机，滞重迟缓载着货物；飞离的时候就一身轻松，活泼轻快，赶路匆匆。它确实是有伴的——另一只花喜鹊，黑和白的部分似乎均比早先这一只更大更鲜明，许是一只雄鸟吧。当我确认它们是一家之后，也就知道了它们的用意。两只喜鹊每天辛辛苦苦地衔来各色树枝，是要在悬铃木上搭一巢穴，迎接新生命的降生。

一只喜鹊窝，要搭建多少枝条？要衔来多少草梗？要倾注多少气力？要呕沥多少心血？要耗费多少光阴……

听到我自言自语，路过的原住民老婆婆说，喜鹊选搭窝的地方时可心细呢。天上头要没有北风，地下面要没有凶兆，远处要没有打扰，近处要没有响动……最用心的窝，喜鹊要啄下身上的羽毛，铺垫得暖暖和和，小喜鹊孵出来后才活蹦乱跳。

我没见过自拔胸羽的喜鹊，这两只鸟好像也没有这般忘我。但我不得不信老婆婆的话。她说这些话的时候，摇晃着满头坚硬的白发，配着漆黑的旧衫，目若朗星。我疑心她在以往的哪一辈子曾做过鹊妖。

等着听小喜鹊叫吧。早报喜，晚报财，不早不晚报客来。她胸有成竹地说，好像未来的小喜鹊是她派往我家的儿童团。

为了节省喜鹊夫妇的时间，我约莫了一下它们搭巢所需建材的长短，捡了一堆草梗和树枝放在院子里，期望它们就地取材。但喜鹊夫妇胸中自有拟好了的蓝图，有我们不知的选材标准，对此视而不见，依然辛辛苦苦地到远处去衔枝。它们不屑。

鹊巢终于搭好了，小喜鹊在这里降生，一窝又一窝。

在两棵梧桐树和喜鹊家族的陪伴下，我写下了收入这套文集散文卷中的很多作品。我用时间的树枝搭起了这个文字的喜鹊窝。喜鹊本是单调的凡鸟，只有黑白两色，全无时尚的外观。它的窝也是粗糙和朴素的，甚至有一点边设计边施工的乱七八糟。不过，我在这个窝中垫入了一缕缕羽毛，它们来自我沧桑的岁月和我温热的心房。

毕淑敏

2012年7月27日

目录

开一间米色诊所

考虑再三，面对新世纪，许下一个不大不小的愿望——开一间小小的诊所。它坐落在市郊，不要太偏僻，免得病人寻找起来太费周折。不要太繁华，它是朴素和宁静的。房屋要很坚固，不必很新，也不可太旧。总之，要给人一种信任感和支撑的力度。周围要有常青的树，即使是冬天，也可以让眼光触摸绿色。

　　诊所的内墙，刷成米色。之所以不用通常的白色，是因为白色虽很洁净，但有过分严谨的肃穆，沁出凉凉的漠然。粉色虽更温暖，却轻了些，稀释了应有的庄重和安详。米色是宜人和舒缓的，仿佛香喷喷的麦粉扬起的雾尘，仿佛春天的黎明弥漫的岚气，仿佛母亲的目光掺入薄薄的泪滴，仿佛雪白的桦树皮浮动在秋的暮霭……

诊所的空气，要有松针般的清新味道。我反感充斥着浓烈的药气，它时刻给人一种陌生和惊惧的暗示。也不要水果和蜂蜜混合的那种讨好的味道，会使人飞快地联想到超市和快餐店。我喜爱那种在闪电和风雨之后森林焕然一新的气息，它让人肺廓扩张，心脉搏发。

我会有一些熟识的病人，我将在漫长的岁月中和他们结下生死同盟。我了解他们疾病的起承转合，我通晓他们身体的素质偏好。我不赞成一个人生病的时候在不同的医生之间辗转，好似民航货站传送带上无主的行包。既然一台冰箱、一双皮鞋都有专门的保修单，为什么万物灵长的人没有为我们的生命连续负责的眼睛和双手保障我们脆弱美丽的生命？我也许不能医治所有的疾病，但我有相应的知识，我会不断拓展我的信息，我会向我的病人提出建设性的忠告，我会是良好的顾问和尽责的向导。

心是

当我们预备讨论心事的时候，可能先要把"心"到底是个什么东西想一想。记得我小时候第一次学到"心"这个字，老师说，"心"是一把铁勺子，正在炒几颗豆。豆子会蹦啊，最后两颗豆子掉在了"心"外，只有一颗幸运豆留在了勺里。我至今感谢这位老师，把这个"心"字说得这般诱人，不单使当初蒙昧的我一下子就学会了写这个字，终身不曾忘记和写错它，而且常常忆起铁勺这个有趣的意象。

铁勺的容量是有限的，即使在寺庙饥年施粥的善举中，铁锅霸气十足，勺子却依然普通，循规蹈矩地蜷缩着，状若一拳（勺子若大了，粥就不够喝了）。人们常常举一句文豪的名言，说人的心比海洋、比天空还要博大，窃以为指的是宏伟幽深的冥想时刻，并非随时随地的状态。在万千纷常的日子里，人心就是一把锈迹斑斑的铁勺。

因为有锈，所以心要常常擦拭。我们的心会被各式各样含酸带碱的风雨浸淫，会被蚀出缝隙和生长阴霾。天气晴朗时，在阳光下晒晒心情，锈就会悄然遁去。美丽的大自然和相知的朋友，就是紫外线了。

每个人只有一把铁勺，每个人一生却要遭遇很多豆子。勺子承载的分量是有限的，不可以在勺子里灌注太多的水。哪怕水是掺了蜜糖的，也要有节制。中医有句箴言，叫作"大喜伤心"，说的就是过量的伤害。为了尊重这把勺子，我们要仔细地甄别放入勺子里的物件的数量。空无一物的勺子令人伤感，不堪重负被挤爆了的勺子也是悲剧。

然而再精明的甄选，也还是有一些我们不喜欢的豆子进入勺子。那可怎么办呢？有一个好法子，就是——炒。

炒我们的心事，把它们加热，把它们晾晒，在这个过程中，翻来覆去地斟酌，你是保存勺子还是姑息豆子？为了勺子的安宁，你要立决。思考不但指时间和力量的使用，同时标志着抽刀断水的杀伐。结果就是只留下那些最重要的豆子，而把其他的豆子扬出我们的视线。

这个程序想来是快乐的，其实充满了艰难和痛苦，每一颗豆子都不是无缘无故进入铁勺的，它们必和情感与理智有着千丝万缕的关联。甚至那些我们十分嫌恶的瘪豆子、被虫蛀过的病豆子，也在长久的摩挲和掂量中融入了我们的体温，令我们产生了割舍不下的惯性和依恋。然而，还是要"放下"，此刻需要的不仅是聪明，还有一往无前的勇敢。

把废豆子驱逐出铁勺，心就宽敞了，铁勺恢复了洁净与轻盈。新的豆子仿佛新的客人，姗姗来临。对于你的心事，你可不要忘了甄选和款待。

人生的九大关系

我的一篇散文《我很重要》被收入中学语文课本中，并多次在考试卷子中出现过，关于它的中心思想、段落大意、修辞手法等技术问题，也成了若干语文老师和我探讨的题目。说实话，我对分析自己文章的内涵和技巧，噤若寒蝉。写的时候只是有感而发，完全不曾想过如何剔骨抽髓地来分析它，经常被问得张口结舌，像极了那文章本不是我所写，不知是从哪儿抄来的。

曾经接到过一位中学语文老师的信，和我商榷此文的中心思想。他的大意是说：这篇文章的主题思想本来是想说每个个体都是很重要的，但立论的方式和论据都是说我们在相互的关系中是多么重要，这就成了一个悖论。他认为：一个人，即使不在任何关系中，也是非常重要的。

我明白他的观点，但我无法想象人可以不在关系中，就如同无法想象一条活蹦乱跳的鱼可以在水之外遨游。

我们所有的人，终其一生，都是在各种各样的关系中搏杀。听一位美国心理学家讲授抑郁症的发病机理，他认为：所有的心理障碍，都是因为关系出了问题。

关系无所不在。人的关系基本上可以分为以下九类。

1. 自我：这比较好理解。人和自己的关系，是所有关系中最彻底最主轴的关系。

2. 父母：没有父母，就没有我们的肉身。父母和我们心灵的关系，也是无与伦比的密切。

3. 兄弟姐妹：这似乎不难理解。就算是中国现在实行独生子女政策，人也依旧会有情同手足的友人。如何看待和自己年龄相仿的同时代的人，肯定是逃不脱的重要课题。

4. 异性：哈！这个关系的重要性和复杂性不言而喻，古往今来已经谈论过太多。然而，谈论得再多，也比不上实际情况复杂。

5. 子女：和异性结为亲密关系之后，如果没有特别的措施和意外，我们就会有子女。那么，你崭新的历史篇章就掀开了。这个关系，对某些人来说，简直比数十篇学术论文还要复杂，够你一生殚精竭虑、呕心沥血的了。

6. 同侪："侪"这个字，好像有点遗老遗少的味道，现代人似乎很少用。字典上查，此字含义很简单，就是朋辈。人不可能没有朋友，做任何事，都要学会团结，都要学会合作，和自己的同辈人团结，应该是人生的必修课，要学会游刃有余地处理这档关系。

7. 大自然：哦，这个关系的重要性，就不用我啰唆了。要是处理不好，付出的代价就是像恐龙一样灭绝（当然，恐龙灭绝的责任，不由它们自己来负）。

8. 死亡：和死亡的关系，是所有关系里最确定无疑的，谁也躲不掉，无论逃到哪里，如何乔装打扮，死亡最后都会不动声色地把你捉拿归案。既然迟早一定要见面，处理好这个关系，你就能更好地享受生活。处理不好，死亡以不速之客的身份，猝不及防地来访，你堵着门不让他进来，他也一定会神通广大地破门而入。那时，没准备好的人会惊慌失措，会后悔还有那么多事情未完成。为了从容走完一生，这个关系是一定要处理好的。学会和未来的死亡和平共处，直到你跟着他走的那一天。

9. 宇宙：人和宇宙的关系，表面上看起来，好像不如前八大关系那样和我们的日常生活密不可分，其实，不然。你每天晚上仰望星空，那就是宇宙在和你对话。宇宙是比大自然更广大的范畴，它将考验一个人对那些无比壮阔、无比悠远的时空体系的尊崇之心，它将让我们一己卑微短暂的生存和一个雄伟壮丽的体系发生连接。我们从那里来，也将回到那里去。看看宇宙，再看看自身，自豪和悲怆像豆荚中孪生的豆粒，如此新鲜多汁、浆液饱满。它看似脆弱，实际上正是对付日常琐碎事物最行之有效的金刚铠甲。

九大关系，我们若能得到及格分数，人生就安然了。

再选你的父母

我猜很多人一看到这个题目的名称，就大不以为然，甚至愤愤然了，觉得毕淑敏是不是昏了头，父母是可以再选的吗？中国是孝之邦，身体发肤，受之父母，戴德还表达不尽，岂容再选？我的父母是天下最好的父母，让我重选父母，这不是逼人不孝吗？若是父母已驾鹤西行，这题目简直就是违背天伦。

请您相信我，我没有一丁点想冒犯您的意思，也不是为了震撼视听哗众取宠，实在是为了您的心理健康。

父母可不可以批评？我想大家理论上一定承认父母是可以批评的。即使是伟人，也有这样那样的错误和缺点，我们的父母肯定不是完人，当然也可以讨论。可实际上，有多少人心平气和地批评过我们的父母，并收到了良好的回馈，最终取得了让人满意的效果呢？我能客观地审视父母的优劣长短、得失沉浮吗？我相信愤怒的青年可以大吵一架离家出走，但这并不代表着他能公允地建设性地评价父母。也许有人会说，那是历史了，我们有什么理由在很多年后，甚至在父母都离世之后，还议论他们的功过是非呢？

我想郑重地说，有。因为那些历史并没有消失，它们就存在我们心灵最隐秘的地方，时时在引导着我们的行为准则，操纵着我们的喜怒哀乐。

父母是会伤人的，家庭是会伤人的。当我们还是孩子的时候，我们无力分辨哪些是真正的教导、哪些只是父母自身情绪的宣泄。我们如同酒店里恭顺的小伙计，把父母的话和表情，还有习惯和嗜好，如同流水账一般记录在年幼的脑海中。他们是我们的长辈，他们供给我们吃穿住行，在某种程度上说，我们是凭借他们的喜爱和给予，才得以延续自己幼小的生命。那时候，他们就是我们的天和地，我们根本就没有力量抗辩他们、忤逆他们。

你的父母塑造了你，你在不知不觉中重复着他们展示给你的模板，你是他们某种程度的复制品。分析他们的过程其实是在分析你自己。

请你准备一张白纸，让思绪和想象自由驰骋。在白纸上方写下你的名字，左边写上"再选"二字。现在，纸上的这行字变成了"再选×"，你在这行字的右面写上"的父母"三个字。

"再选×的父母"。我敢说，也许在此刻之前，你从来没有想过可以把自己的父母炒了鱿鱼，让他们下岗，自行再来招聘一对父母。请你郑重地写下你为自己再选父母的名字。

父:

母:

我猜你一定狠狠地愣一下。虽然我们对自己的父母有过种种的不满，但真的把他们淘汰了，你一定目瞪口呆。你要挺住啊，记住这不过是一个游戏。

谁是我们再选父母的最佳人选呢？你不必煞费苦心，心灵游戏的奥妙之处就在于它的一闪念之中。你的潜意识如同潜藏深海的美人鱼，一个鱼跃，跳出海面，露出了它流线型的身躯和嘴边的胡须。原来，它并非美女，也不是猛兽。关于你的再选父母的人选，你把头脑中涌起的第一个人名写下就是了。

他们可以是英雄豪杰，也可以是邻居家的老媪；可以是已经逝去的英豪，也可以是依然健在的大款；可以是绝色佳人，也可以是末路英雄；可以是动物植物，也可以是山岳湖泊；可以是日月星辰，也可以是布帛黍粟；可以是一代枭雄，也可以是飞禽走兽；可以是自己仰慕的长辈，也可以是弟妹同学……总之，你就尽量展开想象的翅膀，天上地下地为自己选择一对心仪的父母。

你再选的父母是什么类型的东西（原谅我用了"东西"这个词，没有不敬的意思，只是一言以蔽之），这不重要。重要的是你在这个游戏中重新认识了你的父母，你在弥补你童年的缺憾，你在重新构筑你心灵的世界。你会发现自己缺少的东西、追求的东西到底是什么。

有个农村来的孩子，父母都是贫苦的乡民。在重选父母的游戏中，他令自己的母亲变成了玛丽莲·梦露，让自己的父亲变成了乾隆。我想这是一个非常典型的例子，我首先要感谢这位朋友的坦率和信任。因为这样的答案太容易引起歧义和嘲笑了，虽然它可能是很多人的向往。

我问他，玛丽莲·梦露这个女性，在你的字典中代表了什么？他回答说，她是我见过的最美丽和最现代的女人。我说，那么，你是不是觉得自己亲生母亲丑陋和不够现代？他沉默了很久说，正是这样。中国有句俗话叫做"儿不嫌母丑，狗不嫌家贫"，我嫌弃我的母亲丑，这真是大不敬的恶行。平常我从来不敢跟人表露，但她实在是太丑的女人，让我从小到大蒙受了很多耻辱。我在心里是讨厌她的。从我开始知道美丑的概念，我就不容她和我一道上街，就是距离很远，一前一后的也不行，因为我会感到人们的目光像线一样把我和她联系起来。后来我到城里读高中，她到学校看我，被我呵斥走了。同学问起来，我就说，她是一个丐婆，我曾经给过她钱，她看我好心，以为我好欺负，居然跟到这里来了……我说这些话的时候，觉得自己也很有道理，因为母亲丑，并把她的丑遗传给了我，让我承受世人的白眼，我想她是对不住我的。至于我的父亲，他是乡间的小人物，会一点小手艺，能得到人们的一点小尊敬。我原来是以他为豪的，后来到了城里，上了大学，才知道山外有山、天外有天，才知道父亲是多么草芥。同学们的父亲，不是经常在本地电视要闻中露面的政要，就是腰缠万贯、挥金如土的巨富，最次的也是个国企的老总，就算厂子穷得叮当响，照样有公车来接子女上下学。我的位于社会底层的位置是我的父母强加给我的，这太不公平。深层的怒火潜伏在我心底，使我在自卑的同时非常敏感，性格懦弱，但在某些时候又像地雷似的一碰就炸……算了，不说我了，我本来认命了，因为父母是不能选择的，所以也从来没有动过这方面的脑筋。既然你今天让做换父母的游戏，让我可以大胆设想、别具一格，我一下子就想到了梦露和乾隆。

我说，先问你一个问题，如果父亲不是乾隆，换成布什或布莱尔，要不就是拉登，你以为如何？

他笑起来说，拉登就免了吧，虽然名气大，但是个恐怖分子，再说翻山越岭胡子老长的也太辛苦。布什或布莱尔？

当然可以，我说，你希望有一个总统或是皇上当父亲，这背后反映出来的复杂思绪，我想你能察觉。

他静了许久，说，我明白那永远伴随着我的怒气从何而来了。我仰慕地位和权势，我希图在众人视线的聚焦点上。我看重身份，热爱钱财，我希望背靠大树好乘凉……当这些无法满足的时候，我就怨天尤人，心态偏激，觉得从自己一落地就被打入了另册。因此我埋怨父母，可是中国"孝"字当先，我又无法直抒胸臆，情绪翻搅，就让我永远不得轻松。工作中、生活中遇到的任何挫折，都会在第一时间让我想起先天的差异，觉得自己无论怎样奋斗也无济于事……

我说，谢谢你的这番真诚告白。只是事情还有另一面的解释，我不知你想过没有？

他说，我很想一听。

我说，这就是，你那样平凡贫困的父母在艰难中养育了你，你长得并不好看，可他们没有像你嫌弃他们那样嫌弃你，而是给了你力所能及的爱和帮助。他们自己处于社会的底层，却竭尽全力供养你读书，让你进了城，有了更开阔的眼界和更丰富的知识。他们明知你不以他们为荣，可他们从不计较你的冷淡，一如既往地以你为荣。他们以自己羸弱的肩膀托起了你的前程，我相信这不是希求你的回报，只是一种无私无悔的爱。

　　你把梦露和乾隆的组合当成你的父母的最佳结合，恕我直言，这种跨越国籍和历史的组合，攫取了威权和美貌的叠加，在这后面你是否舍弃了自己努力的空间？

　　梦露是出自上帝之手的珍稀品种，乾隆也是天分和无数拼杀才造就的英才。在你的这种搭配中，我看到是一厢情愿的无望，还有不切实际的奢求。

　　那位年轻人若有所思地走了。我注视着他的背影，期待他今后可能会有改变。

　　请你静静地和你的心在一起，面对着你写下的期望中的父母的名字，去感受这种差异后面麇集的情愫。发现是改变的尖兵。

有一种笑，令人心碎

做心理医生，看到过无数来访者。一天有人问道，在你的经历中，最让你为难的是怎样的来访者。说实话，我还真没想过这个问题，他这一问，倒让我久久地愣着，不知怎样回答。

后来细细地想，要说最让我心痛的来访者，不是痛失亲人的哀号，或是奇耻大辱的啸叫，而是脸挂无声无息微笑的苦人。

有人说，微笑有什么不好？不是到处都在提倡微笑服务吗？不是说微笑是成功的名片吗？最不济也是笑比哭好啊。

比如一个身穿黑衣的女孩对我说，您知道我的外号是什么吗？我叫"开心果"。我是所有人的开心果。只要我周围的人有了什么烦心事，他们就会找到我。我听他们说话，想方设法地逗着大家快乐，给他们安慰。可是，我不欢喜的时候，却找不到一个人理我了。周围一片灰暗，我只有一个人躲在被窝里哭……

我听着她的话，心中非常伤感，但她脸上的表情让我百思不得其解。那是不折不扣的笑容，纯真善良，几乎可以说是无忧无虑的。连我这双饱经风霜的老眼也看不出有什么痛楚的痕迹。她的脸和她的心，好像是两幅不同的拼图，展示着截然相反的信息，让人惊讶和迷惑，不知它们该主哪一面。

我说，听了你的话，我很难过。可看你的脸，我察觉不出你的哀伤。她下意识地摸摸自己的脸说，咦，我的脸怎么啦? 很普通啊。我平时都是这样的。

于是我在瞬间明白了她的困境。她脸上的笑容是她的敌人，把错误的信息传达给了别人。当她需要别人帮助的时候，她的脸、她的笑容在说着相反的话——我很好，不必管我。

有一个男子说他和妻子青梅竹马，说他以妻子的名字起了证照，办起了自家的公司。几年打拼，积聚下了第一桶金。小鸟依人的妻子身体不好。丈夫说，你从此就在家里享福吧，我有能力养你了。你现在已经可以吃最好的伙食和最好的药，等我以后发展得更好了，你还可以戴着最好的首饰去看世界上最好的风景。再往后，你也会住上最好的房子……他为妻子描画出美好的远景之后，就雷厉风行地赚钱去了。当他有一天风尘仆仆地回到家中时，妻子不在屋中。他遍寻不到，焦急当中，邻居小声说，你不是还有一套房子吗? 他说，不，我没有另外的房子。邻居锲而不舍地说，你有。你还有一套房子。我们都知道，你怎么能假装不知道? 男子想了想说，哦，是了，我还有一套房子。你能把我带到那套房子去吗？邻居说，一个人怎么能忙得把自己的房子在哪里都忘了呢？它不是在××路××号吗？邻居说完就急忙闪开了，不想听他道谢的话。男子走到了那个门牌前，看到了自己最要好的朋友的车就停在门前。他按响了门铃，却没有人应答。

这是一栋独立的别墅，时间正是上午10点。男子找了一个合适的角度，可以用眼睛的余光罩住别墅所有的出口和窗户。然后他点燃一支烟。他狠狠地抽了半天，才发现根本就没有点燃。他就这样一支接一支地抽下去，直到太阳升到正午，还是没有见到任何动静。他面无表情地等待着，知道在这所别墅的某个角落里有两道目光偷窥着自己。到了下午，他还如蜡像一般纹丝不动。傍晚时分，门终于打开了，他的朋友走了出来。他迎了上去，在他还没有开口的时候，那个男人说，算你有种，等到了现在。你既然什么都知道了，你要怎么办，我奉陪就是了。说着，那个男人钻进车子，飞一样地逃走了。丈夫继续等着，等着他的妻子走出门来。但是，直到半夜三更，那个女人就是不出来。后来，丈夫怕妻子出了什么意外，就走进别墅。他以为那个懦弱负疚的妻子会长跪在门廊里落泪不止，他预备着原谅她。但他看到的是盛装的妻子端坐在沙发里等他，说，你怎么才来？我都等急了。我告诉你，你听不到你想听的话，但你能想得出来所有的事情都发生了，你爱怎么办就怎么办吧，我们等着你……说完这些话，那个女人就袅袅婷婷地走出去了，把一股陌生的香气留给了他。他说，那天他把房间里能找到的烟都吸完了，地上堆积的烟灰会让人以为那里曾经发生过火灾。

我听过很多背叛和遗弃的故事,这一个就其复杂和惨烈的程度来说并不是太复杂。之所以印象深刻,是因为这位丈夫在整个讲述过程中的表情——他一直在微笑,不是任何意义上的苦笑,而是真正的微笑。这种由衷的笑容让我几乎毛骨悚然了。

我说,你很震惊,很气愤,很悲伤,很绝望,是不是?

他微笑着说,是。

我恼怒起来,不是对那对偷情的男女,而是对面前这被污辱和损害的丈夫。我说,那你为什么还要笑?!

他愣了愣,总算暂时收起了他那颠扑不破的笑容,委屈地说,我没有笑。

我更火了,明明是在笑,却说自己没有笑,难道是我老眼昏花或是神经错乱了吗?我急切地四处睃寻。他很善意地说,您在找什么?我来帮助您找。

我说,你坐着别动,对对,就这样,一动也不要动。我要找一面镜子,让你看看自己是不是无时无刻不在笑!

他吃惊地托住自己的脸,好像牙疼地说,笑难道不好吗?

我没有找到镜子。我和那名男子缓缓地谈了很多话。他告诉我,因为母亲是残疾人,父亲在他出生后不久就把他们母子抛弃了。母亲带着他改嫁了一个傻子,那是一个大家族。他从小就寄人篱下。谁都可以欺负他。出了任何事,无论是谁摔碎了碗、谁打烂了暖瓶,无论他是否在场,都说他干的,他也不能还嘴。他苦着脸,大家就说他是个丧门星,说给了他饭吃,他起码要给个笑脸。为了少挨打,他开始学着笑。他对着小河的水面笑,小河被他的泪水打出一串旋涡。他对着破碎的坛子里蓄积的雨水练习笑容，那笑容把雨水中的蚊子都惊跑了。他练出了无时无刻不在微笑的脸庞，渐渐地，这种笑容成了面具。

这个故事让我深深地发现了自己的浅薄。微笑，有时不是欢乐，而是痛苦到了极致的无奈。微笑，有时不是喜悦，而是生存下去的伪装。深刻检讨之下，我想到了一个词来形容这种状况，叫作——佯笑。

佯攻是为了战略的需要，佯动是为了迷惑敌人，佯哭是为了获取同情，佯笑是为了什么呢？当我探求的时候，发现在我们周围浮动着那么多佯笑。如果佯笑出现在一位中年及以上的人脸上，我还比较能理解，因为生活和历史给了他们太多的苍凉，但我惊奇地看到很多年轻人也被佯笑的面具所俘获，你看不到他们真实的心境。

其实，这不是佯笑者的错，但需要佯笑者来改变。我想，每一个婴儿出生之后，都会放声啼哭和由衷地微笑，那时候，他们是纯真和简单的，不会伪装自己的情感。由于成长过程中种种的不如意，孩子们被迫学会了迎合和讨好。他们知道，当自己微笑的时候，比较能讨到大人的欢心，如果你表达了委屈和愤怒，也许会招致更多的责怪。特别是那些在不稳定不幸福的家庭中长大的孩子，他们幼小的脑海还无法分辨哪些是自己的责任、哪些不过是成人的迁怒。孩子总善良地以为是自己的错，是自己惹得大人不高兴。由于弱小，孩子觉得自己有义务让大人高兴，于是开始练习佯笑。久而久之，佯笑几乎成了某些孩子的本能。所以，佯笑也不是百无一用的，它掩饰了弱小者的真实情感，在某些时候为主人赢得了片刻安宁。

可是佯笑带来的损伤和侵害，是潜在和长久的。你把自己永远钉在了弱者的地位，不由自主地仰人鼻息。在该愤怒的时候，你无法拍案而起；在该坚持的时候，你无法固守原则；在合理退让的时候，你表现了谄媚；在该意气风发的时候，你难以潇洒自如；还可以举出很多。当很多年轻人以为自己的风度和气质是一个技术操作性的问题时，其实背后是一个顽固的心结，那就是你能否流露自己的真实情感。

我们常常羡慕有些人那么轻松自在和收放自如，我们不知道怎样获得这样的自由。最简单的方法就是全面地接受自己的情绪，做一个率真的人，学会和自己的心灵对话。你不可要求自己的脸上总是阳光灿烂。你不能掩盖和粉饰心情，你必须承认矛盾和痛楚。只有这样，我们才能真正成为驾驭自己的主人。

回到那位被背叛的男子，当他终于收起了微笑，开始抽泣的时候，我觉得这是他的大进步、大成长。他的眼泪比他的笑容更显示坚强。当他和自己的内心有了深刻的接触之后，新的力量和勇气也就油然而生了。

现代商战把微笑也变成了商品，我以为这是对人类情感的大不敬。微笑不是一种技巧，而是心灵自发的舞蹈。我喜欢微笑，但那必须是内心温泉喷涌出的绚烂水滴，而不是靠机器挤压出的呻吟。

请你不要佯笑。那样的笑容令人心碎。

可否让我陪你哭泣

哭泣是一种本能，古代人却害怕它。因为哭泣代表着一种极端状况的发生，人们本能地回避。

我说过，自己在妇产科工作时经手接生过很多婴儿。假如是顺产的孩子，他们降生后的第一反应就是号啕大哭。其实，这种音响的本质不应该被称为"哭"，他们从温暖的子宫降生到外界，感受到了寒冷，再加上压力骤然解除，肺部扩张，强力地吸入空气，就发出了人们称为哭喊的声音。实话实说，这种啼哭并不哀伤，只是一种体操。

我觉得真正区分哭泣的哀伤程度的，是眼泪。

其实哭是可以分成两种的，流泪的和不流泪的。没有眼泪的哭泣，更多的是压抑。只有那种泪流汹涌、滴泪沾襟的哭泣，才有更大的宣泄和排解压力的作用。

洋葱也会让我们流泪，不过这种泪只是一些成分简单的水分。而人们因为悲伤流出的泪，含有大量的激素。

悲伤或愤怒的眼泪包含着脑啡肽，是大脑缓解疼痛的溶解剂。哭泣触动了分泌与释放激素的化学物质，排出了造成压力的激素。这是一种宝贵的外分泌过程。我们要找回哭泣的能量，好好利用这个武器。眼泪能排毒啊。

聆听别人的痛楚，常常让我们觉得难以忍受。

有一阵子，我的诊所里接二连三地来了一些丧失亲人、须做悲伤治疗的人。他们之中少数人是无声地哭泣，让眼泪顺着面颊汹涌而下。大部分人会撕心裂肺地痛哭，几乎声震寰宇。

诊所的工作人员说，她在外面都听得到声如裂帛般的哭声，我近在咫尺洗耳恭听，如何受得了呢！

我说，事实上并没有你想象的那样难挨。天下之大，其实是难以找到可以放声一哭的地方。从这个角度来说，他或她，能够让我陪伴着痛哭，是给予我极大的信任啊。

在朋友的交往中，也常有这种情境。

如果你觉得不可忍受，多半是因为这痛苦也正是你掩藏的创口。别人的叙述，像一柄挖掘的铲，让你的陈血也开始喷溅。这种时刻，你不要轻易放过。如果你不能倾听，可以躲开，但要讲清自己不是厌倦，而是无力支撑。我相信真正的朋友会理解这一点的。如果不能理解，也就不可久交了。

但你歇息下来的时候，不要轻易放过那稍纵即逝的痛楚。

我猜，身体已经习惯于包裹最深的弹片，轻易不愿触动。不过还是要把它挖出来，虽然一段时间内会血流不止，不过伤口终将愈合，如果一直遮掩着，倒有可能导致精神的败血症。

压抑也许成癌

感觉是一切虚幻事件的核心。它从未确立过任何事情，但又和任何事情息息相关。情绪是埋在所有真实上面的浮土，不把它们清理干净，真相就无从裸露。

传统的教育，教导我们要忍让，要宽容，要忘却。然而长久的压抑会带来更大的反弹，积攒的痛苦如暴风骤雨般袭来，霹雳能将我们击为灰烬。

没有哪一样事物，通过压抑，可以自然而然地消失。地球内部的压力，会通过火山爆发来释放。水库的压力，会通过堤岸崩塌、洪水溃泻而释放。身体的不适，会演变成急病，让你不得不全神贯注地解决。金钱的压力，会恶化成破产。感情的压力，会走向分道扬镳。所以，要学会循序渐进地释放压力，千万不要忽略了小的不安。它们摞起来，会把精神压弯。

人们常常以为抑郁的人是没有能量的。我们看到他们萎靡不振，好似一团沾满灰尘的瘫软抹布。但其实，压抑是一种极大的能量，不信你看抑郁的人，他们可以决绝地自杀，从高处一跃而下，这需要何等的胆量和执着。千万不要轻视了抑郁的人，以为他们没有能力改变。能量执拗地存在着，只是失却了方向，不是向外攻击就是向内攻击。

尊重你的情感，并不是要情感直接做出决定，而是尊重情感的波涛起伏；不是压抑情感，而是疏通情感。中医说，不通则痛，通则不痛。先要将痛苦纾解开来。拧成一团乱麻的情绪症结，简直就是毒药。用不着外界的纷扰，单是内心的混乱，就完全能导致崩溃了。该恨谁，就在心中将他诅咒千遍，可以用最恶毒的字眼，只是不要让别人听到。你救赎的是自己的灵魂，和他人无关。如果还不解气，就把一个抱枕靠垫或荞麦皮枕头当作替罪羔羊，扔到地上拳打脚踢，直到羽绒飞扬、遍地鹅毛也在所不惜，荞麦皮漏撒一地，就慢慢扫起。假如怒火还未消，就在纸上写上仇者的姓名，然后明明白白地写出：我恨你！恨你……

我教过一个朋友这招，他唔唔嘴说，做不来。

我说，为什么呀？这并不是很难的动作啊！如果你找不到安静的地方，我可以把自己的家借给你。哪怕你声震九霄，也没有人会听到。

他说，那不是像个神经病吗？！

我说，怎么会！你压抑得太久，已经忘了如何来表达愤怒。

整天装在西装革履的套子里，已经没有真的血肉。接触自己最内在的情感，它既然存在着，就必有其合理的走向。就像当年大禹治水，不是围追堵截，而是疏导引流。现在，你的情绪像堵车一样塞在一起，神经通路已完全不畅通，哪能做出英明决定？听我的，开始吧。

他犹疑着说，这很不习惯。

我说，是啊，你已经习惯了掩藏和压抑。其实，凡是在我们心灵中存在的能量，无论是正面的还是负面的，压抑都是有害的。你压抑了正面的能量，本该你承担的义务，你偏偏躲闪；本该你做出的决定，你犹豫不决；本该你担当的职务，你假装谦虚拱手相让……你以为你这是大度，是高风亮节，是安全、敦厚，其实不过是懦夫。而且那些被压抑的能量，迅速地凝变成了牢骚、怀才不遇、指手画脚、不在其位而谋其政，让人厌烦……这还算是好的，因为你把能量的矛头对准了外界。

更糟糕的选择，是缄口不语，把一切真知灼见藏在肚皮里，愣愣地旁观这个世界，在无人的风口抚胸长叹。向内攻击的结果也是以自身为假想敌，罹患种种疾病……被压抑的能量化作钢刀，在胸廓之内到处乱戳，也可能跑到哪里聚成块垒，就成了凶险的癌瘤。至于那些原本就是负面的能量，得不到宣泄，会更为虎作伥，肆无忌惮地向外攻击，最极端的变成了杀人的冲动也说不定。所以，情绪是万万压抑不得的，就像高压蒸汽，一定要给它找一个出口。不然，等着吧，爆炸是免不了的。

我所推荐的抱枕法，是一个简便易行、安全可靠的方法。只要你养成了习惯，对于让你万分不舒服的事，直面相对，找到问题的症结，把脾气宣泄出去，你会觉得云开雾散、月朗风清，精神就轻松了好多。

你可能半信半疑地说，好吧，我相信你一回，这样猛烈地自我发泄一通，情绪或许能平稳一些。但是，发泄完了，情况还是那个情况，现状还是那个现状，于事无补啊！

不！不是这样的！情绪遮挡着视线之时，我们能看到的出路是很少的，有时简直就是大雾弥天，日月无光。当我们安静下来，心灵的能量就渐渐呈现出来，就能发现很多被震怒的荒草遮掩的曲折小径。

你可能还是不信，希望你什么时候试一试。这法子成本不高，至多就是把抱枕摔开线了，芦花四扬，也没什么了不起的。我就曾经把一个枕头摔开了线，之后心平气和地把开线之处缝起，虽略损美观，但并无大碍。

有人能摸索出其他适合自己的方法排解幽愤，这也很好。比如阿甘，他的法子就是跑步。无休止地跑，在步履交替的过程中，他慢慢疗治了自己的创伤。

怎么样，朋友？你找到蒸发自己情绪的好法子了吗？如果你已经找到了，恭喜你啊，这样你就比较能面对真实的自我，不会把自己压抑出癌症来。

坦言 心灵的力量

在报上看到两个年轻人的故事。他们非常聪明，是很好的朋友，都有硕士学位，并且在证券业有骄人的成就。其中一位还获得过全国证券交易排行榜第五名。

他们可谓少年得志，面前也有辉煌的前景。受一位朋友的引荐，他们双双接受一家公司的委托，成为国债交易的操盘手。应该说，他们工作很努力，三个月后，他们已经为公司净赚了200万元。但是，公司一直未与他们签订聘用合同，也没有在提成方面有一个明确的分配。他们内心不平衡。甲就对乙说，咱们给公司赚了那么多钱，他们对我们也没有个交代，找个时间把国债做一下，给公司施加一点压力。

两个人策划之后，一个自以为得计的阴谋形成了。他们又找到了在武汉也是做操盘手的丙，让他准备一笔2000万的款子，伺机而动。

约定的日子到了。他们的手法说复杂很复杂，不在其中的人，是绝不能操纵成功的。说简单也简单，就是甲和乙不按常理，在开盘集体竞价的时候，把一只头一天还报113元卖出的国债，共计4万手，按80块钱卖出，企图让武汉的丙把它们买下来。最后给公司造成了400万元的损失。

现在，这两位曾经才华横溢、前程远大的青年，在铁窗内度日。他们的一生将因此笼罩在巨大的阴影中。在牢狱中，他们叹息自己不懂法律，付出了惨痛的代价。也许法学家或是金融学家能从这一案例当中分析出各种经验教训，在我看来，还有一个极为重要的方面不应被忽视。

这一起重大案件的起因，就是因为甲和乙的心理不平衡造成的。他们还不够有经验，在和公司合作伊始没有把劳务合同和奖惩条例签好，这是他们的一个失误。有了失误，可以挽回，他们本可以向公司方面坦陈自己的意见，来个亡羊补牢。可是，他们似乎根本就没有朝这个正确的方向努力，而是一步就迈向了法律所禁止的边缘，开始了犯罪的谋划。

我们常常听到这样的故事。一对年轻人，彼此都很有好感，可是谁都没有勇气表白自己的内心。于是无数的旁敲侧击、无数的委屈和误会、无数的试探和揣摩，窗户纸始终不能捅破。结果呢，清高占了上风，谁都等着对方说第一句话，最后不了了之。漫长岁月后，都已人到暮年，再次重逢袒露心迹，才知彼此的家庭都不幸福，后悔当年的迟疑。但现实是残酷的，逝去的青春不可能改写，只能存留永远的遗憾。

回想我们的经历，真是有太多时候我们没有勇气将自己的真实想法和盘托出，我们一厢情愿期待着事件按照我们的想象向前发展。可惜这样的机遇总是十分稀少，不如意者十之八九。一旦失望，要么退避躲让，要么走向极端，却忘了一条最直接最简单的捷径，那就是——坦言。

其实，如果那两个年轻的操盘手在走马上任三个月后，认为没有得到相应的待遇，心中愤愤，就可以直截了当地提出意见，争取自己的利益。如果公司方面答复不如意，他们也可以用更坚决更理智的方法争取合法权益。可惜啊，他们舍近求远，他们弃易取难，甚至不惜用犯罪这样极端的手段，来达到一个原本正当的目的。

世上有多少痛苦和支离破碎，是因为双方的故弄玄虚而致？世上有多少悲剧，是因为误解和朦胧而发生？世间有多少罪恶，是因为隔膜和延宕而萌生？世上有多少流血和战争，是因为彼此的关闭和封锁而爆发？

坦言的"坦"字，在字典里的含义是"平"。把自己想要表达的意见一马平川地说出来，不遮掩，不隐藏，不埋设地雷，不挖掘壕沟，不云山雾罩，也不神龙见首不见尾……清晰明白，心平气和，这是做人的基本功之一。

坦言常常被误认为是缺少城府、涉世不深，其实这是一个天大的误会。在素以严谨著称的外交谈判中，坦率也是一个使用频率极高的词汇。越是面对分歧和隔阂，越需要开诚布公的坦言。

有人以为坦言是一个技术性的问题，以为掌握了若干讲话的小诀窍就可游刃有余，其实坦言的基础是一个心理素养的问题。

首先，你要是一个襟怀坦荡、敢于负责的人。它不是阿谀奉承的话，也不是人云亦云的话。它是你自我思考的结晶，它将透露你的真实想法，所包含的信息和观点，是你人格的体现。如果你畏葸求全，唯马首是瞻，那么，你无法坦言。

坦言，说起来容易，真正做起来，那过程往往令人不安和焦灼。可能是一个集会或课堂的公开发言，也可能是和你的上司或师长的对谈，可能是面对心仪的异性的首次表白，也可能是因为我们的过失而道歉和忏悔……总之，坦言是一次精神和语言的冒险，其中蕴涵着情感的未知和不可预测的反应。

然而，尽管困难重重，我们还是需要坦言。坦言是一种勇敢，因为你面对世界发出了独属于你的声音。坦言是一种敢作敢当的尝试，因为你们既不是权势的传声筒，也不是旁人的回音壁。无论你的声音多么微弱和幼稚，那是出于你的喉咙，它昭示了你的独立和思索。

有人以为坦言是不安全的，藏藏掖掖才是老练。我要说，往往你以为最不保险的地方才是最安全的。社会节奏如此之快，你吞吞吐吐，别人怎能知晓你繁复的内心活动？如果说在缓慢的农耕社会，人们还可以容忍剥笋抽丝的离题万里，那么在现代，坦言简直就是人生的必修课。

有人以为坦言仅仅是嘴皮子上的功夫，其实不然。有人无法坦言，是因为他不知道自己究竟需要坚守怎样的观点。坦言建筑在对自己和对社会的深切了解之上。如果你反对，你就旗帜鲜明。如果你热爱，你就如火如荼。如果你坚持，你就矢志不渝。如果你选择，你就当机立断。

年轻人有一个容易犯的毛病，就是假装深沉。这个责任不在青年，而是我们民族的约定俗成中，不恰当地推崇少年老成。年轻人的特点就是反应机敏、头脑灵活、快人快语。如果强做拖沓徐缓之状，那是对青春活力的不敬。说话不在缓急，而在其中是否蕴含真情、富有真知灼见。如果一位老年人言之无物，看他体弱健忘的分儿上，人们还能有几分谅解的话，年轻人的故作深沉，只能让人生出悲哀。老年人对于新生事物，难免倦怠，但一个年轻人，违背天性，欲盖弥彰，那简直就是逃避和无能的同义词了。

坦言的核心是自信，是尊重自己，也尊重他人。你值得我信任，所以我对你说真话。你可以拒绝我的意见，但不要轻视我的热情。我相信我自己是有价值的，所以我能够直率地面向这个世界。

学会坦言，会对人的一生产生重大的影响。我看过很多应聘成功的例子，那骨子里很多是面对权威的坦言。坦言常常更快地显露你的人品和才华，显露你应变的能力潜藏着能量。坦言是现代社会人际互动中极富建设性的策略，是一种建立良好情感环境的强大助力。

很多人在开始尝试坦言的时候常易紧张和失态，如同一只刚刚出壳的小鸡，感到湿漉漉的寒冷。但是，你一定要坚持下去，你一定会渐渐地熟练。坦言之后，即使被心爱的异性拒绝，也比潜藏着愿望追悔一生要好。即使得罪了昏庸的上级，也比唯唯诺诺丧失了人格要好。因为坦言，我们把自己的弱点暴露在光天化日之下，就更有了改正和提升的动力。因为坦言，我们会结识更多肝胆相照的朋友，会获得更多打磨历练的机遇。

　　珍惜坦言。那是一种心灵力量的体现，我们的意志在坦言中捶打，变得坚强。我们的勇气在坦言中增强，变得坚定。我们的爱在坦言中经受风雨，变成养料。我们的友谊在坦言中纯粹，变得醇厚。

　　坦言会让我们失去面纱，得到赤裸裸的真实。世上有很多人是经受不起坦言的，一如雪人不能和春风会面。但是，这正说明了坦言的宝贵。从年轻就学会坦言，那就等于你获得了一棵延年益寿的心理灵芝。你可以在有限的时间内得到更多行动和交流的自由。

切开忧郁的洋葱

忧郁是一只近在咫尺的洋葱，散发着独特而辛辣的味道，剥开它紧密黏连的鳞片时，我们会泪流满面。

一位为联合国工作的朋友告诉我，她到过战火中的难民营，抱起一个小小的孩子。她紧紧地搂着这幼小的身躯，亲吻着她枯干的脸颊。朋友是一位博爱的母亲，很喜爱儿童，温暖的怀抱曾揽过无数孩子，但这一次，她大大地惊骇了。那个婴孩软得像被火烤过的葱管，萎弱而空虚，完全不知道贴近抚育她的人，没有任何欢喜的回应，只是被动地僵直地向后反张着肢体，好似一块儿就要从墙上脱落的白瓷砖。

朋友很着急，找来难民营的负责人，询问这孩子是不是有病或是饥寒交迫，为什么表现得如此冷漠。那个负责人回答说，因为有联合国的经费救助，孩子的吃和穿都没有问题，也没有病。她是一个孤儿，父母双亡。孩子缺少的是爱，从小到大，从没有人抱过她。因她不知"抱"为何物，所以不会反应。

朋友谈起这段往事，感慨地说，不知这孩子长大之后将如何走过人生。

不知道。没有人回答。寂静。但是有一点可以预见，她的性格中必定藏有深深的忧郁。

我们都认识忧郁。每一个人，在一生的某个时刻，都曾和忧郁狭路相逢。

自然界的风花雪月，人生的悲欢离合，从宋玉的悲秋之赋到绿肥红瘦的喟叹，从游子的枯藤老树昏鸦到弱女的耿耿秋灯凄凉，忧郁如同一只老狗，忠实而疲倦地追着人们的脚后跟，挥之不去。随着现代社会的发达，忧郁更成了传染的通病。忧郁症已经如同感冒病毒一般，在都市悄悄蔓延、流行。

忧郁像雾，难以形容。它是一种情感的陷落，是一种低潮的感觉状态。它的症状虽多，灰色是统一的韵调。冷漠，丧失兴趣，缺乏胃口，退缩，嗜睡，无法集中注意力，对自己不满，缺乏自信……不敢爱，不敢说，不敢愤怒，不敢决策……每一片落叶都敲碎心房，每一声鸟鸣都溅起泪滴，每一束眼光都蕴含孤独，每一个脚步都狐疑不定……

一个女大学生给我写信，说她就要被无尽的忧郁淹没了。因为自己是杀人凶手，那个被杀的人就是她的妈妈。她说自己从三岁起双手就沾满了母亲的鲜血，因为在那一天，妈妈为了给她买一串糖葫芦过生日，横穿马路，倒在车轮下……

"为此，我怎能不忧郁？忧郁必将伴我一生！"信的结尾处如此写着，每一个字，都被水洇得像风中摇曳的蓝菊。

说来这女孩子的忧郁还属于忧郁中比较谈得清的那种，因为源于客观的、重要人物的失落，在某种程度上，是我们不得不面对的痛苦反应。更有那说不清、道不明的忧郁，树蚕一样噬咬着我们的心，并用重重叠叠的愁丝将我们裹得筋骨蜷缩。

忧郁这种负面情感的源头，是个体对失落的反应。由于丧失，所以我们忧郁。由于无法失而复得，所以我们忧郁。由于从此成为永诀，所以我们忧郁。由于生命的一去不返，所以我们忧郁。

从这种意义上讲，忧郁几乎是人类这种渺小的动物面对宇宙苍穹时与生俱来的恐惧，所以我们无法从根本上消除忧郁。我相信，凡有人类生存的日子，我们就要和忧郁为朋，虽然我们不喜欢，但我们必须学会与忧郁共舞。

正因为这种本质上的忧郁，所以我们才要在有限的生存岁月中挑战忧郁，让我们自己生活得更自由、更欢愉、更生气勃勃。

失落引发忧郁。当我们分析忧郁的时候，首先面对的是失落。细细想来，失落似可分为不同性质的两大类。

一是目前发生的真实与外在的失落，可以被我们确认并加以处理的。比如失去父母，失去朋友，失去恋人，失去工作，失去金钱，失去股票，失去名声，失去房产，失去自信……惨虽惨矣，好歹失在明处，有目共睹。

二是源自自我发展的早期便被剥夺或严重的失望经验，导致内在的深刻失落。这话说起来很拗口，其实就是失在暗地，失得糊涂，失得迷惘，失在生命入口的混沌处。你确切无疑地丢失了，却不知遗落在哪一驿站。

这可怕的第二种失落，常常是潜意识的，表明在我们的儿童期有着不同程度的缺憾和损失。因为我们未曾得到醇厚的爱，或因这爱的偏颇，使我们的内心发展受阻。因为幼小，我们无法辨析周围复杂的社会，导致丧失了对他人的信任，并在这失望中开始攻击自己。如同联合国那位朋友所抱起的女婴，她已不知人间有爱，她已不会回报爱与关切。在这种凄楚中长大的孩子，常常自我谴责与轻贱，认为自己不可爱、无价值，难以形成完整高尚的尊严感。

过度的被保护和溺爱，也是一种失落。这种孩子失落的是独立与思考，他们只有满足的经验，却丧失了被要求负责的勇气，丧失了学会接受考验和失败的能力，丧失了容纳失望的胸怀。一句话，他们在百般呵护下残害了自我的成长性和控制力的发展。他们的脑海深处永远藏着一个软骨的啼哭的婴孩，因为愤怒自己的无力，并把这种无能感储入内心，因而导致无以名状的忧郁。

人的一生，必须忍受种种失落。就算你早年未曾失父失母、失学失恋，就算你一帆风顺平步青云，你也必得遭遇青春逝去、韶华不再的岁月流淌，你也必得纳入体力下降、记忆衰退的健康轨道，你也必有红颜易老、退休离职的那一天，你也必得遵循生老病死、新陈代谢的铁律。到了那一刻，你是否有足够的弹性抵御忧郁？

还有一种更潜在的忧郁，是因为我们为自己立下了不可能达到的高标准，产生了难以满足的沮丧感。这种源自认定自我罪恶的忧郁症状，是与外界无关的，全须我们自我省察，挣脱束缚。

忧郁的人往往是孤独的，因为他们的自卑与自怜。忧郁的人往往互相吸引，因为他们的气味相投。忧郁的人往往结为夫妻，多半不得善终，因为无法自救亦无力救人。忧郁的人往往易于崩溃，因为他们哀伤，更因为他们羸弱、绝望。

难民营的婴儿，不知你长大后，能否正视自己的童年。失却的不可复来，接受历史就是智慧。记忆中双手沾着血迹的女大学生，你把那串猩红的糖葫芦永远抛掉吧，你的每一道指纹都是洁白的，你无罪。母亲在天国向你微笑。

不要嘲笑忧郁，忧郁是一种面对失落的正常反应。不要否认我们的忧郁，忧郁会使我们成长。不要长久地被忧郁围困，忧郁会使我们萎缩。不要被忧郁吓倒，摆脱了忧郁的我们，会更加柔韧刚强。

红与黑的少女

来访者进门的时候，带来了一股寒气，虽然正是夏末秋初的日子，气候还很炎热。

女孩，十七八岁的样子，浑身上下只有两种颜色——红与黑。这两种美丽的颜色，在她身上搭配起来，却显得恐怖。黑色的上衣、黑色的裙，黑色的鞋子、黑色的袜，仿佛一滴细长的墨迹洇开，连空气也被染黑。苍黄的脸上有两团夸张的胭脂，嘴唇红得仿佛渗出血珠。该黑的地方却不黑，头发干涩枯黄，全无这个年纪女孩青丝应有的光泽。眼珠也是昏黄的，裹着血丝。

"我等了您很久……很久……"她低声说自己的名字叫飞茹。

我歉意地点点头，因为预约人多，很多人从春排到了秋。我说："对不起。"

飞茹说："没有什么对不起的，这个世界上对不起我的人太多了，你这算什么呢！"

飞茹是一个敏感而倔强的女生，我们开始了谈话。她说："你看到过我这样的女孩吗？"

我一时不知如何回答好，就说："没有。每一个人都是特殊的，所以，我从来没有看到过两个思想上完全相同的人，就算是双胞胎，也不一样。"

这话基本上是无懈可击的，但飞茹不满意，说："我指的不是思想上，我知道这个世界上绝没有和我一样遭遇的女孩——打扮上，纯黑的。"

我老老实实地回答："我见过浑身上下都穿黑衣服的女孩。通常她们都是很酷的。"

飞茹说："我跟她们不一样。她们多是在装酷，我是真的……残酷。"说到这里，她深深地低下了头。

我陷入了困惑。谈话进行了半天，我还不知道她是为什么而来。主动权似乎一直掌握在飞茹手里，让人跟着她的情绪打转。我赶快调整心态，回到自己内心的澄静中去。这女孩子似乎有种魔力，让人不由自主地关切她，好像她的全身都散发着一个信息——"救救我！"可她又被一种顽强的自尊包裹着，如玻璃般脆弱。

我问她："你等了我这么久，为了什么？"

飞茹说："为了找一个人看我跳舞。我不知道找谁，我在这个大千世界找了很久，最后我选中了你。"

我几乎怀疑这个女生的精神是否正常，要知道，付了咨询费，只是为了找一个人看跳舞，匪夷所思。再加上心理咨询室实在也不是一个表演舞蹈的好地方，窄小，到处都是沙发腿，真要旋转起来，会碰得鼻青脸肿。我当过多年的临床医生，判断她并非精神病患者，而是在内心淤积着强大的苦闷。

我说："你是个专业的舞蹈演员吗？"

飞茹说："不是。"

我又说："但这个表演对你来说，非常重要。为了这个表演，你等了很久很久。"

飞茹频频点头："我和很多人说过我要找到看我表演的人，他们都以为我是在说胡话，甚至怀疑我不正常。我没有病，甚至可以说是很坚强。要是一般人遇到我那样的遭遇，不疯了才怪呢！"

我迅速地搜索记忆，当一个临床心理医生，记性要好。刚才在谈到自己的时候，她用了一个词，叫作"残酷"，很少有正当花季的女生这样形容自己，在她一身黑色的包装之下隐藏着怎样的深渊和惨烈？现在又说到"疯了"，她到底发生了什么？

贸然追问，肯定是不明智的，不能跨越到来访者前面去，需要耐心地追随。照目前这种情况，我觉得最好的方法是尊重飞茹的选择：看她跳舞。

我说："谢谢你让我看舞蹈。需要很大的地方吗？我们可以把沙发搬开。"

飞茹打量着四周，说："把沙发靠边，茶几推到窗子下面，地方就差不多够用了。"

于是我们两个嗨哟嗨哟地干起活来，木质沙发腿在地板上摩擦出粗糙的声音，我猜外面的工作人员一定从门扇上的"猫眼"镜向里面窥视着。诊所有规定，如果心理咨询室内有异常响动，其他人要随时注意观察，以免发生意外。趁着飞茹埋头搬茶几的空子，我扭头对门扇做了一个微笑的表情，表示一切尚好，不必紧张。虽然看不到门那边的人影，但我知道他们一定不放心地研究着，不知道我到底要干什么。其实，我也不知道下面会发生什么事情，只是相信飞茹会带领着我一步步潜入她封闭已久的内心。

场地收拾出来了，诸物靠边，室内中央腾出一块不小的地方，飞茹只要不跳出芭蕾舞中"倒踢紫金冠"那样的高难度动作，应该不会磕着碰着了。

我说："飞茹，可以开始了吗？"

飞茹说："行了。地方够用了。"她突然变得羞涩起来，好像一个非常幼小的孩子，难为情地说，"你真的愿意看我跳舞吗？"

我非常认真地向她保证："真的，非常愿意。"

她用布满红丝的眼珠盯着我说："你说的是真话吗？"

我也毫不退缩地直视着她说："是真话。"

飞茹说："好吧。那我就开始跳了。"

一团乌云开始旋转，所到之处，如同乌黑的柏油倾泻在地，沉重，黏腻。说实话，她跳得并不好，一点也不轻盈，也不优美，甚至是笨拙和僵硬的，但我一直目不转睛地看着，我知道这不是纯粹的艺术欣赏，而是一个痛苦的灵魂在用特殊的方式倾诉。

飞茹疲倦了，动作变得踉跄和挣扎。我想要搀扶她，被她拒绝。不知过了多久，她虚弱地跌倒在沙发上，满头大汗。我从窗台下的茶几上找到纸巾盒，抽出一大把纸巾让她擦汗。

待飞茹满头的汗水渐渐消散，这一次的治疗到了结束的时候。飞茹说："谢谢你看我跳舞。我好像松快一些了。"

飞茹离开之后，工作人员对我说："听到心理室里乱哄哄地响，我们都闹不清发生了什么事，以为打起来了。"

我说："治疗在进展中，放心好了。"

到了第二周约定的时间，飞茹又来了。这一次，工作人员提前就把沙发腾开了，飞茹有点意外，但看得出她有点高兴。很快她就开始新的舞蹈，跳得非常投入，整个身体好像就在这舞蹈中渐渐苏醒，手脚的配合慢慢协调起来，脸上的肌肉也不再那样僵硬，有了一丝丝微笑的模样。也许，那还不能算作微笑，只能说是有了一丁点的亮色，让人心里稍安。

每次飞茹都会准时来，在地中央跳舞。我要做的就是在一旁看她旋转，不敢有片刻的松懈。虽然我还猜不透她为什么要像穿上了魔鞋一样跳个不停，但是，我不能性急。现在，看飞茹跳舞，就是一切。

若干次之后，飞茹的舞姿有了进步，她却不再一心一意地跳舞了，说："您能抱抱我吗？"

　　我说："这对你非常重要吗？"

　　她紧张地说："您不愿意吗？"

　　我说："没有，我只是好奇。"

　　飞茹说："因为从来没有人抱过我。"

　　我半信半疑，心想就算飞茹如此阴郁，年岁还小，没有男朋友拥抱过她，但父母总会抱过她吧？亲戚总会抱过她吧？女友总会抱过她吧？当我和她拥抱的时候，才相信她说的是真话。飞茹完全不会拥抱，她的重心向后仰着，好像时刻在逃避什么，身体仿佛一副棺材板，没有任何温度。我从心里涌出痛惜之情，不知道在这具小小的单薄身体中隐藏着怎样的冰冷。我轻轻地拍打着她，如同拍打一个婴儿。她的身体一点点地暖和起来、柔软起来，变得像树叶一样可以随风摇曳了。

　　下一次飞茹到来的时候，看到挤在墙角处的沙发，平静地说："您和我一道把它们复位吧。我不再跳舞了，也不再拥抱了。这一次，我要把我的故事告诉您。"

　　那真是一个极其可怕的故事。飞茹的爸爸妈妈一直不和，妈妈和别的男人好，被爸爸发现了。飞茹的爸爸是一个很内向的男子，他报复的手段就是隐忍。飞茹从小就感觉到家里的气氛不正常，可她不知道这是为了什么，总以为是自己不乖，就拼命讨爸爸妈妈的欢心。学校组织舞蹈表演，选上了飞茹，她高兴地告诉爸爸妈妈，六一到学校看她跳舞，爸爸妈妈都答应了。过节那天，老师用胭脂给她涂了两个红蛋蛋，在她的嘴上抹了口红。当她兴高采烈地回家，打算一手一个地拉着爸爸妈妈看她演出的时候，见到的是两具穿着黑衣的尸体。爸爸在水里下了毒，骗妈妈喝下，看到她死了后，再把剩下的毒水都喝了。

飞茹当场就昏过去了，被人救起后，变得很少说话。从那以后，她只穿黑色的衣服，在脸上涂红，还涂着鲜艳欲滴的口红。飞茹靠着一袭黑衣保持着和父母的精神联系和认同，她以这样的方式，既思念着父母，又对抗着被遗弃的命运。她未完成的愿望就是那一场精心准备的舞蹈，谁来欣赏？她无法挣扎而出，找不到自己存在的价值和重新生活的方向。

对飞茹的治疗，是一个极为漫长的过程，我们共同走了很远的路。终于，飞茹换下了黑色的衣服，褪去了夸张的妆容，慢慢回归正常的状态。

最后分别的时候到了，穿着清爽的牛仔裤和洁白的衬衣的飞茹对我说："那时候，每一次舞蹈和拥抱之后，我的身心都会有一点放松。我很佩服'体会'这个词，身体里储藏着很多记忆，身体释放了，心灵也就慢慢松弛了。这一次，我和您就握手告别。"

出卖冥位的女生

来访者是一名中年女子，名叫鞠鸣凤，衣着得体，在她的登记表"心理咨询事由"一栏中，填写的是："人为什么要出卖冥位？"结尾处的问号又长又大，像一根生了锈的铁锚直击海底。

我看着这问号愣了一会儿。别说她不知道这个问题的答案，我连冥位是什么东西都不清楚。好在，我并不着急。世界上的万物就是如此复杂，一个咨询师不可能什么都知道。这不是咨询师的耻辱，只是一个真实。不过，世界上的万物又都是有规律可循的，只要跟随着来访者的脚步，我们就有可能一同到达彼岸。

鞠鸣凤坐下后，第一句话是，您知道什么是冥位吗？

我老老实实地回答，不知道，很希望您告诉我。

鞠鸣凤说，冥位就是埋葬死人的地方，可以是一块地，也可以是一棵树、一个花坛，也可能是灵塔上的一个格子。

我明白了一点点，但更糊涂了。我说，难道一个人可以埋在这么多地方吗？

鞠鸣凤说，不是。也许是我没说清楚，每个人死后只占据一个冥位，冥位是商品。要知道冥位是可以买卖的。现在房地产涨价，阴间的地盘也紧张起来，所以，有些人成了殡葬业的推销员，就是出卖冥位的人。

原来是这样。大千世界，真是无奇不有啊。我说，谢谢您告诉我了这样的知识。原来出卖冥位是世上的新行当。

鞠鸣凤说，本来这行当新呀旧呀的跟我没关系，可没想到我的女儿鞠小凤卷了进去，每天像着了魔似的推销冥位⋯⋯

我有点吃惊。鞠女士的年纪也就四十出头，她的女儿能有多大呢？不到二十岁吧？小小年纪就成天推销埋葬死人骨灰的地方的业务员，这太匪夷所思了吧？鞠鸣凤看出了我的疑惑，说，是啊，她还在上高中。我今天来找您，就是为了解决她的问题。现在，我马上出去，把她换进来。让她自己跟您说说到底是怎么一回事吧！说完，她起身走出门去。外面负责接待的工作人员不知发生了何事，以为她对我的咨询不满而要半路上扬长而去。

我轻轻摆摆手，示意工作人员不要阻拦。

这真是我工作经验中的一件新鲜事。咨询过程居然像篮球比赛，玩起了半路换人。我且要看看这个正上高中却成了冥位推销员的小姑娘是个怎样奇特的人。或许穿着哈韩哈日的肥裤腿吧？或者衣衫褴褛，头发被发胶粘成图钉状？或者一身迷彩，戴着贝雷帽、手握仿真枪……

我所有的想象都在现实的面前碰得粉碎。鞠小凤身材高挑，健康活泼，身穿一套天蓝色夹有雪白条纹的校服，一步三跳地走了进来。她毫不认生地一屁股坐在她妈妈刚才坐的位置，说，嘿！听我妈妈一讲，您一定以为我是个怪物吧。其实，我非常正常。本来不打算到您这儿来的，后来一想，我也没见过心理咨询师是什么样的，开拓一下自己的见识也很重要。再说，没准我还能向您推销一个两个冥位呢！

目瞪口呆。没想到我居然成了她的推销对象。

我调整了一下思绪，说，小凤，谢谢你。我还真没想到要为自己置办一处冥位的问题。

鞠小凤丝毫不受打击，依旧兴致勃勃地说，没想到不要紧，现在开始想想也来得及。您知道，伟大领袖毛主席说过，人必有一死。死了以后，您住在哪里呢？总要有一个地方吧？要么变成一棵树，要么变成一朵花，要么就安安静静地睡在泥土里……你现在就可以选择。对了，老师，我现在就向您介绍一个好地方，山清水秀的，空气可好了。最主要的是邻居好……

邻居好？我不由得失声追问。

对啊！鞠小凤兴头正高，眉飞色舞地说，您以为灵魂就不需要邻居了吗？一样需要，甚至更重要。因为灵魂像风一样，经常到外面去飞翔，自己的家就要托邻居照料。这处冥位，旁边都是知识分子，有大学教授啊，有律师和医生啊，最有意思的是，还有一位是大使，这样您还可以听到很多外国的故事……

鞠小凤说得津津有味，我跟着她的语调，真的想到了一片开阔的青草地，鸟语花香，然后仿佛看到一群西装革履的人正谈笑风生。

天啊，这个小姑娘真是不简单，连我这把年纪的人都被她蛊惑了。

怎么样？买一个冥位吧！鞠小凤问我。

我赶紧回到自己的工作状态，对她说，你干这行多长时间了？

鞠小凤说，没多久。我是偶然知道这个消息的。其实并不复杂，都是正规陵园，手续齐全。我们推销出一套冥位，就能有一定的提成。我也不会耽误学习。

我说，你做这个工作，是为了挣钱吗？

鞠小凤说，挣钱肯定是一个原因。像我们这个年纪的女孩子，都是向家里要钱的。我第一次拿到提成时，非常高兴。因为这证明了我的能力。但是，钱并不是最重要的。

我点点头表示理解，追问，那么，什么是最重要的呢？

鞠小凤好像很不愿意触及这个问题，说，一定是我妈妈跟你说了我的很多坏话。好像我一个女孩子干这事，是大逆不道。她非常害怕死亡，还说，等我以后长大了，要是让人知道我曾经干过这个行当，我肯定会嫁不出去了。可是，我不怕。我不害怕死亡。

鞠小凤说这些话的时候，神色迷离，目光弥散，一下子失魂落魄。

按说一个女孩子不害怕死亡，是难得的勇敢，可我总觉得有什么地方不对头。不过，从这个方向探寻她的内在世界，难以进入。我略一沉思，发现了一个问题——她妈妈叫鞠鸣凤，她叫鞠小凤。按说"鞠"这个姓氏并不常见，难道说一家三口人都姓鞠不成吗？如果不是这样，鞠小凤就是从母姓，那么鞠小凤的父亲到哪里去了呢？

我决定从这个方向入手。我说，小凤，我看你对死亡的认识很豁达，如果你不介意的话，能同我谈谈你的父亲吗？

鞠小凤说，我妈妈没跟你说吗？

我说，没有，她只是说到了你。

鞠小凤平静地说，我的亲生父亲在我很小的时候就在一次飞机失事中去世了。当时飞机一头扎到海里，所有的人尸骨无存。后来，我妈妈就带着我改嫁了，继父对我很好。嗯，很简单，就是这样。我妈妈又把我的姓改成了她的姓。从此，我的亲生父亲在这个世界上就没有任何痕迹了。

我发觉鞠小凤把"尸骨无存""任何痕迹"几个字咬得很重。如果把她这段话比作一块木板，那么，这几个词，就像木板上凸起的木疤，显而易见，触目惊心。

我基本上找到了症结。我说，你非常思念你的父亲？

鞠小凤的眼眶一下子红了，说，无论我的继父对我多好，可是，我的骨头、我的牙齿、我的头发，不是他给我的，是那个在这个世界上消失得无影无踪的人给我的。我非常想念他。可是，我不敢让我妈妈发现，那样，她就会觉得委屈了我。其实，那不是她的过错。我只是用我的方式纪念我父亲。

我紧紧跟上一句，什么叫作你的方式？

鞠小凤说，那就是思索和死亡有关的一切。比如，我认为死后是有灵魂的。我认为人是应该留下一点痕迹的。不然的话，我们的哀伤就找不到地方寄托。

我知道，我们已经渐渐逼近了问题的核心。

我说，你觉得哪些可以称为痕迹呢？

鞠小凤说，比如一块土地，比如一朵花，比如一棵树。不能什么都没有。那样，活着的人会受不了的。

我说，所以，你父亲的逝去让你受不了。所以，你就选择了出售冥位。你希望和你有一样遭遇的人可以找到寄托自己哀思的地方。其实，你最希望的是知道父亲居住的地方。

鞠小凤没有任何先兆地放声痛哭。少女的声音清脆而具有穿透力。

鞠小凤的妈妈不顾一切地推开门，想冲进来。我赶忙走出去，好在鞠小凤沉浸在自己的巨大伤感中，并没有发觉这一切。

鞠妈妈焦虑万分地说，这孩子怎么啦？我拉着她来看心理医生，没想到她号啕痛哭。看样子，旧病未去，新病又来，这孩子是越来越不靠谱了。

我说，您放心。她在为自己的父亲感到哀伤。

鞠妈妈半信半疑说，她那时候非常小，几乎不记事啊。

我说，鞠小凤是个非常聪明敏感的孩子，对父亲的怀念，让她比一般孩子更早熟。这种没有经过处理的哀伤，一直潜伏在她的心灵深处，所以才有了去出卖冥位这样的怪异选择。现在，就让她尽情地哭一场吧。

我们就这样一直安静地等待着，直到鞠小凤渐渐停止了哭泣。我走进去，说，你可以给你的父亲写一封信，把你所有想和他说的话都写在里面。

鞠小凤说，写好了之后呢？

我说，你可以把它放在河流中，也可以系在一棵树上，也可以用火焰烧掉。在古老的习俗中，火焰是通往另一个世界的阶梯。

鞠小凤擦着眼泪说，我明白了。冥位其实就在我们思念亲人的任何地方。

走出黑暗巷道

那个女孩子坐在我的对面，薄而脆弱的样子，好像一只被踩扁的冷饮蜡杯。我竭力不被她察觉地盯着她的手——那么小的手掌和短的手指，指甲剪得短短的，仿佛根本不愿保护指尖，恨不能缩回骨头里。

就是这双手，协助另一双男人的手，把一个和她一般大的女孩子的喉管掐断了。

那个男子被处以极刑，她也要在牢狱中度过一生。

她小的时候，家住在一个小镇上，是个很活泼好胜的孩子。一天傍晚，妈妈叫她去买酱油。在回家的路上，她被一个流浪汉强暴了。妈妈领着她报了警，那个流浪汉被抓获。他们一家希望这件事从此被人遗忘，像从没发生过那样最好。但小镇的人对这种事有着经久不衰的记忆和口口相传的热情。女孩在人们炯炯的目光中渐渐长大，个子不是越来越高，好像是越来越矮。她觉得自己很不洁净，走到哪里都散发出一种异样的味道。因为那个男人在侮辱她的过程中说过一句话："我的东西种到你身上了，从此无论你到哪儿，我都能把你找到。"她原以为时间的冲刷可以让这种味道渐渐稀薄，没想到随着年龄增大，她觉得那味道越来越浓烈了，怪异的嗅觉，像尸体上的乌鸦一样盘旋着，无时不在。她断定，世界上的人，都有比猎狗还敏锐的鼻子，都能侦察出这股味道。于是她每天都哭，要求全家搬走。父母怜惜越来越皱缩的孩子，终于下了大决心，离开了祖辈的故居，远走他乡。

迁徙使家道中落。但随着家中的贫困，女孩子缓缓地恢复过来，在一个没有人知道她过去的地方，生命力振作了，鼻子也不那么灵敏了。在外人眼里，她不再有显著的异常，除了特别爱洗脸和洗澡。无论天气多么冷，女孩从不间断地擦洗自己。由于品学兼优，中学毕业以后她考上了一所中专。在那所人生地不熟的学校里，她人缘不错，只是依旧爱洗澡。哪怕是只剩吃晚饭的钱了，她宁肯饿着肚子，也要买一块味道浓郁的香皂，为全身打出无数泡沫。她觉得比较安全了，有时会轻轻地快速地微笑一下。童年的阴影难以扼制青春的活力，她基本上变成一个和旁人一样的姑娘了。

这时候，一个小伙子走来，对她说了一句话：我喜欢你，喜欢你身上的味道。她在吓得半死中还是清醒地意识到，爱情并没有嫌弃她，猛地进入她的生活了。她没有做好准备，她不知道自己能不能爱，该不该同他讲自己的过去。她只知道这是一个蛮不错的小伙子，自己不能把射来的箭像印第安人的飞去来器似的收回去。她执着而痛苦地开始爱了，最显著的变化是更频繁地洗澡。

一切顺利而艰难地向前发展着，没想到新的一届学生招进来。一天，女孩在操场上走的时候，像被雷电劈中，肝胆俱碎。她听到了熟悉的乡音，从她原先的小镇来了一个新生。无论她装得怎样健忘，那个女孩子还是很快地认出了她。

她很害怕，预感到一种惨痛的遭遇，像刮过战场的风一样，把血腥气带来了。

果然，没过多久，关于她幼年时代的故事，就在学校流传开来。她的男朋友找到她，问，那可是真的？

她很绝望，绝望使她变得无所顾忌，她红着眼睛狠狠地说，是真的！怎么样？

那个小伙子也真是不含糊，说，就算是真的，我也爱你！

那一瞬，她觉得天地变容，人间有如此的爱人，她还有什么可怕的呢！还有什么不可献出的呢！

于是他们同仇敌忾，决定教训一下那个饶舌的女孩。他们在河边找到她，对她说，你为什么说我们的坏话？

那个女孩有些心虚，但表面上更嚣张和振振有词，说，我并没有说你们的坏话，我只说了有关她的一个真事。

她甚至很放肆地盯着爱洗澡的女孩说，你难道能说那不是一个事实吗？

爱洗澡的女孩突然就闻到了当年那个流浪汉的味道，她觉得那个流浪汉一定附着在这个女孩身上，千方百计地找到她，要把她千辛万苦得到的幸福夺走。积攒多年的怒火狂烧起来，她扑上去，撕那饶舌女生的嘴巴，一边对男友大吼说，咱们把她打死吧！

那男孩子巨螯般的双手，就掐住了新生的脖子。

没想到人怎么那么不经掐，好像一朵小喇叭花，没怎么使劲，脖子就断了，再也接不上了。女孩子直着目光对我说，声音很平静。我猜她一定千百次地在脑海中重放过当时的影像，不明白生命为何如此脆弱，为自己也为他人深深困惑。

热恋中的这对凶手惊慌失措。他们看了看刚才还穷凶极恶现在已了无声息的传闲话者，不知道下一步该怎样动作。

咱们跑吧。跑到天涯海角。跑到跑不动的时候，就一道去死。他们几乎是同时这样说。

他们就让尸体躺在发生争执的小河边，甚至没有丝毫掩盖。他们总觉得她也许会醒过来。匆忙带上一点积蓄，蹿上了火车。不敢走大路，就漫无目的地奔向荒野小道，对外就说两个人是旅游结婚。钱很快就花光了，他们来到云南一个叫情人崖的深山里，打算手牵着手从悬崖跳下去。

于是他们拿出最后的一点钱，请老乡做一顿好饭吃，然后就实施自戕。老乡说，我听你们说话的声音，和《新闻联播》里的是一个腔调，你们是北京人吧？

反正要死了，再也不必畏罪潜逃，他们大大方方地承认了。

我一辈子就想看看北京。现在这么大岁数，原想北京是看不到了。现在看到两个北京人，也是福气啊。老人说着，倾其所有，给他们做了一顿丰盛的好饭，说什么也分文不取。

他们低着头吃饭，吃得很多。这是人间最后的一顿饭了，为什么不吃得饱一点呢？吃饱之后，他们很感激，也很惭愧，讨论了一下，决定不能死在这里。因为尽管山高林密，过一段日子，尸体还是会被发现。老人听说了，会认出他们，就会痛心失望的。他一生唯一看到的两个北京人，还是被通缉的坏人。对不起北京也就罢了，他们怕对不起这位老人。

他们从情人崖走了，这一次，更加漫无边际。最后，不知是谁说的，反正是一死，与其我们死在别处，不如就死在家里吧。

他们刚回到家，就被逮捕了。

她对着我说完了这一切，然后问我，你能闻到我身上的怪味吗？

我说，我只闻到你身上有一种很好闻的栀子花味。

她惨淡地笑了，说，这是一种很特别的香皂，但是味道不持久。我说的不是这种味道，是另外的……就是……你明白我说的是什么……闻得到吗？

我很肯定地回答她，除了栀子花的味道，我没有闻到其他任何味道。

她似信非信地看着我，沉默不语。过了许久，才缓缓地说，今生今世，我再也见不到他了。就是有来生，天上人间苦海茫茫的，哪里就碰得上！牛郎织女虽说也是夫妻分居，可他们一年一次总能在鹊桥上见一面。那是一座多么美丽和轻盈的桥啊。我和他，即使相见，也只有在奈何桥上。那座桥，桥墩是白骨，桥下流的不是水，是血……

我看着她，心中充满哀伤。一个女孩子，幼年的时候，就遭受重大的生理和心理创伤，又在社会的冷落中屈辱地生活。她的心理畸形发展，暴徒的一句妄谈，居然像咒语一般控制着她的思想和行为。她慢慢长大，好不容易恢复了一点做人的尊严，找到了一个爱自己的男孩。又因为这种黑暗的笼罩，不但把自己拖入深渊，而且让自己所爱的人走进地狱。

旁观者清。我们都看到了症结的所在。但作为当事人，她在黑暗中苦苦地摸索，碰得头破血流，却无力逃出那桎梏的死结。

身上的伤口，可能会自然地长好，但心灵的创伤，自己修复的可能性很小。我们能够依赖的只有中性的时间。但有些创伤虽被时间轻轻掩埋，表面上暂时看不到了，但在深处依然存有深深的窦道。一旦风云突变，那伤痕就剧烈地发作起来，敲骨吸髓地令我们痛楚起来。

我们每个人，都有一部精神的记录，藏在心灵的多宝槅内。关于那些最隐秘的刀痕，除了我们自己，没有人知道它在陈旧的纸页上滴下多少血泪。不要乞求它会自然而然地消失，那只是一厢情愿的神话。

重新揭开记忆疗治，是一件需要勇气和毅力的事情。所以很多人宁可自欺欺人地糊涂着，也不愿清醒地焚毁自己的心理垃圾。但那些鬼祟也许会在某一个意想不到的瞬间幻化成形，牵引我们步入歧途。

我们要关怀自己的心理健康，保护它，医治它，强壮它，而不是压迫它，掩盖它，蒙蔽它。只有正视伤痛，我们的心，才会清醒有力地搏动。

谁是你的闺密

某天，我看到工作人员正在清理一堆小山似的硬币，好像是哪个孩子当场砸碎了他的宝贝扑满。我很奇怪，心理机构不是超市银行，似乎不应该搜集如此多的硬币。助手们都很尽职，平常绝不会在业务场所处理私事，看来这些硬币和工作有关。我实在想不明白：硬币和心理咨询有何关系？

助手看我纳闷，就说，这是一个孩子交来的预约咨询费用。我一时愣怔，心想，孩子的钱，是不是应该减免？助手看我不说话，以为我是在斟酌钱的数量，就说，这是那个孩子所有的钱，我打算自己帮她补足。

我问，钱的事，咱们再说。我想知道孩子是跟着谁来的。

按照惯例，孩子的问题，都是父母发现后焦虑不安地领来求助。

助手说，这孩子是自己来的，用压岁钱来付费，父母根本不知道她要来看心理医生。助手说着，把她的登记表递过来。

工工整整的字迹填写着：张小锦，女，13岁，本市 ×× 中学初中一年级学生……

见到张小锦的时候，我吃了一惊。本以为这么敢作敢为挺有主意的孩子一定人高马大，却不料她十分瘦小，穿橙色校服蜷在沙发中，好像一粒小小的黄米。

我说，你遇到了什么事情，需要我们的帮助？

瘦小的张小锦说起话来嗓门挺大，音调喑哑，有点像张柏芝，仿佛轻巧的身躯里藏着一根摔裂的长笛。张小锦咬牙切齿道：我请你帮助我——除掉我妈的朋友！

我着实被吓了一跳。这个开头，有点像黑帮买凶杀人。我说，你很恨你妈妈的朋友？

张小锦说，那当然！请你千万不要把我的话告诉任何人。你要发誓，永远不能说。

这可让我大大地为难了。就算她是一个孩子，如果她图谋杀人，我也要向有关机构报告。如果我拒绝了张小锦的要求，她很可能就拒绝和我说知心话了，帮助便无从谈起。我避开话锋，慢吞吞地回答，你能告诉我，你说的"除掉妈妈的朋友"是什么意思？

"除掉"通常是血腥的。警匪影片中将要杀死某个人的时候，匪徒们会窃窃私语，吐出这个词。张小锦回答说，我的"除掉"就是让这个朋友离开我家！不要和我妈没完没了说个不停，让我妈多拿出一点时间来陪我，遇事别老听这个朋友的，也和我聊聊天，也听听我的想法……

原来是这样！在张小锦的词典里，"除掉"并不是杀死，只是离开。我稍稍松了一口气，说，张小锦，看来你妈妈和你交流不够，你对此很有意见啊。

张小锦遇到了知音，直起身板说，对啊！我妈有什么心事，只和朋友说，不和我说。我们家的事，是和她朋友关系密切啊，还是和我密切啊？

张小锦黑亮的眼珠凝神盯着我，目光中带出急切和哀伤。

我立即表态，你们家的事，当然是和你关系最密切了。

这让张小锦很受用，她说，对啊！那个朋友一天到晚老缠着我，让我妈离婚，破坏我们家的和睦！说着，她长长的睫毛润湿了。我递过去几张纸巾，张小锦执拗不接，只是不停地眨巴眼睛，希望眼帘把泪水吸干，睫毛就聚成几把纤巧的小刷子。

看来张小锦家充满了矛盾和危机，她妈妈的朋友也许正是罪魁祸首。我说，小锦，是妈妈的朋友让你们家庭变得不幸福了？

张小锦一个劲儿地点头，正是！

我说，妈妈的坏朋友具体是个怎样的人？

张小锦突然有点踌躇，说，其实这人也不算太坏，逢年过节都会给我买礼物，是我妈的闺密。

晕！我一直以为妈妈的朋友是个男人，甚至怀疑他就是破坏张小锦家的第三者。现在才知道，朋友是个女的！有一瞬间，闪过张小锦的妈妈是不是个双性恋的念头。要不然，怎么两个女人之间的关系会引发张小锦这样大的恼怒！

咨询师的脑海就像一台高速运转的电子计算机，来访者的任何一句谈话，都会在咨询师脑海中引发涟漪。一千种可能性像漂流瓶在波涛中起伏，你不知道哪一只瓶内藏着来访者心中的魔兽。也许你以为是症结所在，穷追不舍，紧紧跟踪，结果不过是一朵七彩泡沫。也许你忽视的只言片语，却潜藏着最重要的破解全局的咒语。这一次，我的方向差了。

我想起了老师的教导：你不能以自己的主观猜测代替事实的真相。你永远不能跑到来访者的前面去，你只能跟随……跟随……还是跟随。

我调整了心态，对张小锦说，你妈妈和女友之间的关系，让你嫉妒。

张小锦不解地重复，嫉妒？我好像没有想到这一点。

我说，以前没想到不要紧，现在开始想也来得及。

张小锦偏着脑袋想了一会儿说，好吧，你说我嫉妒，我承认。人家都说女儿是妈妈的小棉袄，可我妈妈硬是把我当成了破大衣，心里有话都不跟我讲。

我说，你妈妈的心里话是什么呢？

这一次，张小锦反常地沉默了，很久很久。如果我不是一个训练有素的心理师，也许我就睡着了。我等待着张小锦，我知道这些话对她一定非常重要，讲出口又非常困难。

终于啊终于，张小锦说，哼！他们都以为我不知道，他们合伙儿来骗我。我也愿意装出一副傻相，让他们以为我不知道。他们自以为知道一切，其实我在暗里比他们知道得更多！

简直就是一个绕口令！我彻头彻尾被这个有着沙哑嗓音的女生弄糊涂了。我要澄清，在她的词典里，"他们"——是谁？

是我爸爸，我妈妈，还有那个和我爸爸相好的女人。当然，还有我妈妈的闺密……张小锦的话匣子终于打开了。原来，张小锦的爸爸有了外遇，和另外一个女子暧昧，被放学回来的张小锦撞见了。从此，张小锦见了爸爸不理不睬，爸爸反倒对张小锦格外好。张小锦决定不把这件事告诉妈妈，因为那样家就很可能破碎。张小锦知道那些父母离婚的同学基本上都很自卑。张小锦心想，只要妈妈不发现这件事，家庭就能保全。她一次又一次地帮着爸爸遮掩，让妈妈蒙在鼓里。然而，妈妈还是察觉到了某种蛛丝马迹，开始敏感而多疑。张小锦很怕出事，就故意胡闹，分散妈妈的注意力，实在没法子了就生病。无论妈妈多么在意爸爸的一举一动，只要张小锦一发烧，妈妈就把所有的注意力都放到了张小锦身上，无暇他顾，爸爸的危机就化解了。可爸爸不知悔改，变本加厉。张小锦就是再用十八般武艺转移妈妈的注意力，妈妈还是越来越接近真相了。妈妈对自己的好朋友痛哭一场和盘托出。这位闺密是个刚烈女子，疾恶如仇。她不断和妈妈分析爸爸的新动向，号召妈妈奋起抗击。妈妈很痛苦，和闺密无话不谈，最近已经到了商议如何去法院告道德败坏的爸爸，讨论分割财产和张小锦的归属……张小锦用大量的精力偷听她们的谈话，惊恐万分。好比外敌入侵，妈妈的闺密是主战派，张小锦是主和派。张小锦要维护家园，当务之急就是除掉闺密！她走投无路，不知道跟谁商量。跟同学不能说，要维持幸福家庭的假象；跟亲戚不能说，爸爸妈妈都是好面子的人，张小锦不愿亲人们知道家中正在爆发内乱；跟老师也不能说，她害怕老师从此把她归入需要特别关心爱护的群体。百般无奈的张小锦想到了心理医生，就把所有的私房钱都拿出来做了咨询费。

听完了这一切，我把张小锦抱在怀里，她像一只深秋冷雨后的蝴蝶，每一根发丝都在极细微地颤抖。不知道在这具小小的躯体里隐藏了多少苦恼与愤怒！她还是个孩子啊，却肩负起了成人世界的纷争，为了自己的家庭，咽下了多少委屈、辛酸的苦果！

许久后，我说，小锦，设想一个奇迹。假如你妈妈的闺密突然消失了，你们家就能平静吗？

张小锦认真想了一会儿，说，可能会平静几天吧。但我妈妈已经起了疑心，她会穷追到底，我爸爸迟早得露馅。

我说，这么说，闺密并不是事情的症结……

张小锦是个聪明孩子，马上领悟过来，说，事情的根本是我爸妈自己！

我说，你同意我请你的爸爸妈妈到这里来，咱们一同讨论你们家的情况吗？

张小锦害怕地抱着双肩说，他们会离婚吗？

我说，不知道，咱们一块儿努力吧。只是有一条，这一次，你不能装作什么都不知道，你要把你所知道的一切和感受都说出来，包括你对父亲第三者的印象，还有你对闺密的看法。你要表达你对父母的期待和对一个完整的家的爱。

张小锦说，天啊！在爸爸妈妈眼里，我一直是个善解人意的乖乖女，这下子，我岂不是变成了刺探情报两面三刀的小间谍？！不干！不干！

我说，这是否比你失去爸爸妈妈和家庭瓦解更可怕？

张小锦捂着眼睛说，好吧。我知道什么事最可怕。

我们和张小锦的爸爸妈妈取得了联系，他们一同来到咨询室。经过多次的家庭讨论，这其中有很多激战和眼泪，张小锦的爸爸终于决定珍惜家庭，和第三者一刀两断。妈妈也说看在小锦的一番苦心上，给爸爸一个痛改前非的机会。

结束最后一次咨询，张小锦离开的时候悄悄地对我说，现在，我也有了一个闺密，给我出了个好主意。

我说，谁呀？她说，就是你啊！

藏獒与虎皮鹦鹉

一天，咨询室来了一位少女，相貌平平，身材中等，神情也很寡淡，没有热情，也没有强烈的拒绝或是好奇。她穿着一身混浊的白色纯棉衣服，带着很多口袋和皱褶，让人不由得想起一块微潮的抹布，既不可能很快燃烧，也拧不出水来。

陪同她来的是她的母亲，一位富态而考究的中年妇女。当着妈妈的面，这女孩是委顿和沉默的。妈妈被留在门外之后，她坐在沙发上，脸孔始终向着窗户的方向，好像随时准备站起身来钻窗而去。

她说自己叫桑如，是被妈妈强逼着来看心理医生的。

我问她，你多大了？（其实，我手旁就放着她的登记表，那上面写着她的年龄。但我愿意请她亲口再次说出自己的岁数，这样，有利于提醒她对自己负起责任。）

我上高一，十六岁半了。桑如回答说。

我点点头，说，对于一个十六岁的人来说，是可以自己决定要不要看心理医生的。如果你非常不愿意，我觉得你可以走了。至于你母亲那里，由我来和她解释。我会说，我们要尊重一个十六岁的年轻人对自己的判断。如果她觉得自己不需要心理医生的帮助，自己完全可以解决问题，那很好。现在，如果你想离开，门在那边。

这个建议的确不是我个人的心血来潮。在美国访问的时候，美方心理医生告诉我，对于十岁以上的少年，他们都会征询来访者的意见。如果该少年强烈地拒绝接受心理医生的辅导，他们便不会强迫他们。这是很有道理的——心理医生是助人自助的工作，如果某人拒绝帮助，那么你就是有再大的热情，也是枉然。

桑如对我的回答，显得很意外，甚至有点不知所措。她反问道，这是真的吗？

我说，当然是真的了。

她愣了半天，好像对突然获得的自由很有点不习惯，站起身来，又坐下了，说，如果您真让我决定，那我就不走了。我觉得您和别的成年人不一样，居然让我自己做决定。

我笑起来，说，你指的别的成年人是谁呢？

桑如用手指点点门外，说，比如说我的爸爸妈妈啊。他们不让我做这个，不让我做那个，什么都要听他们的。连我用的卫生巾买什么牌子，都得我妈妈说了算。真是太烦了！

　　我深深地点点头，表示明白了她的心境。我说，谢谢你这样信任我。既然你愿意接受我的咨询，那么，咱们今天要讨论什么问题呢？

　　桑如说，我妈妈本来是想让我和您谈谈人际关系的事。我不愿意和别的同学交往，自己也很苦恼，我不知道如何和别人相处。可我今天不想谈这个问题，我希望你能帮我决定一下，到底养个什么宠物好。说完，桑如充满期待地看着我。

　　现在，轮到我稍稍忐忑了。养宠物？这对我真是一个新问题，第一个念头是——我不是兽医，怎么会知道哪种宠物好？好在我很快整理好了自己的思绪，捕捉到这个问题的核心——不在于桑如到底养一只什么样的宠物，而在于她为什么生出这个念头。

　　不过目前我不能走得太快，只能跟随在桑如后面。我说，好啊，我很愿意帮你出出主意。你打算养的宠物备选名单是什么？

　　桑如一下子变得兴致勃勃，说，我最想养的是藏獒。

　　我吓得差点没从沙发上跌落下来。我在西藏当过兵，见过这种凶悍无比的犬类。它们高大威猛，极端吃苦耐劳和忠于主人，为了保护羊群，甚至可以和群狼搏斗。藏獒当然是值得尊敬的，但面前这样一个清瘦女孩要把藏獒当宠物养，恐怕并不相宜。

　　我说，藏獒需要很大的活动场地，属于旷野。再说它们是大型犬，城里不让养的。价钱也很贵，我记得看过一篇报道，一只好的藏獒要很多钱呢。

　　桑如立刻说，那么，我养一只哈巴狗如何？

藏獒和京巴，在性格上实在是南辕北辙，桑如居然这么快就改弦易辙，这让我对她养宠物的初衷更纳闷。我说，你为什么又改养哈巴狗呢？

桑如说，我喜欢藏獒的忠诚，但城里不让养，我也没办法。哈巴狗对人非常友善，而且，你让它干什么，它就干什么，整天围着你的裤腿转，可会讨好人了。

原来是这样！我说，京巴倒是可以养的。只是，你会每天喂它吗？你每个星期给它洗澡吗？你愿意清扫它的狗窝、清理它的粪便吗？还有每天都要带着它到外面去撒欢，如果用行话来说，就是"遛狗"。狗还要按时打预防针，如果你的哈巴狗把你自己或是别人咬伤了，就要马上到医院注射狂犬疫苗，并且不是一次就能完成，要好几次——

桑如吓得吐了吐舌头，说，哟！这么复杂！

我说，还有更多的事情等着你。如果它病了，你要抱着它到宠物诊所看病，如果它需要手术，你要守候在它身边——

桑如听到这里，连连摆手说，天啊！这么麻烦！那我不养狗了，我改养一只猫，这就简单了吧？

我说，恐怕也不像你想的那样简单。首先，猫像狗一样，也要大小便，这样你收拾它们排泄物的工作并不能免掉。猫也要洗澡，也要到外面玩耍。它们在外面的时候，你不知道它们会捕获什么猎物，也许是虫子，也许是小鸟，这是猫的天性，你不能阻止它们，它们也许会带回来一些病菌。春天是猫繁殖的季节，它们会大声叫，如果你不想让它们叫，就要给猫做手术。而且，猫为了磨它们的爪子，一般都会撕纸，这也是它们的天性——

桑如惊叫起来说，我的作业本！我的书！如果猫不管不顾地撕坏了它们，我要重写一遍吗？天哪，我不养猫了，我养一对小鹦鹉成不成呢？

我说，当然可以啦！

桑如说，我会训练让它们说话，有它们和我做伴，我就不会寂寞了。

我心中一动，明白了症结就在这里，但此刻不是点破的好时机。顺着桑如的思路走，我说，是那种翠绿的虎皮鹦鹉吗？

桑如说，对啊。就是有绿色、蓝色、黄色羽毛的小鹦鹉，好像穿着丝绸的外套，闪闪发光。

我字斟句酌地说，鹦鹉的羽毛是需要经常打扫的，不然飘落在地上变成粉尘，很容易传播疾病。我记得有一种很著名的传染病，就叫"鹦鹉热"。另外，据我所知，这种花色绚烂的小鹦鹉并不会说话，会说话的那种叫作鹩哥。就算有个别极其聪明的小鹦鹉，你训练到它能说话了，估计也是非常简单的"你好"之类，并不如你想象的那样可以陪你聊天。就算最棒的鹩哥，能说的话也很有限，它们只是模仿，并不会动脑子——

桑如生起气来，打断我的话，说，您这也不让养，那也不让养，处处给我设障碍！

我说，桑如，我并不是不让你养宠物，我没有这个权力。只是，我认为，每一个预备养宠物的人，都要事先搞清楚宠物的脾气，知道它们的习性，觉得自己能够担当得起，再来和宠物相处。如果因为自己有很多问题解决不了，以为养了宠物就可以逃避现实，那不但是对自己不负责任，也是对宠物不负责任。毕竟，人间的问题，只能在人间解决。

桑如听了我的话，许久不作声，看得出非常沮丧。

我轻轻地问，桑如，能告诉我你为什么要养宠物吗？

就这样一句普通的问话，却让桑如哭泣起来。她说，我太孤独了。同学们都不愿意和我玩，他们说我是一个没意思的人。我不知道如何交往，就想，哼，你们不理我，我也不理你们，我要和小动物一起生活。只有它们不会嫌弃我，不会嘲笑我，会很忠于我。我让它们干什么，它们就会干什么，绝不会背后议论我……它们是多么安全可靠的朋友啊……

原来，桑如想养宠物的初衷，是为了解决自己的人际关系问题。看来，桑如母亲的判断并没有出错，只是，桑如的母亲也许不知道，女儿的怯懦无趣正是和她对桑如的过度保护有关。在母亲眼里，桑如永远是长不大的小女孩，一切都要由母亲做主。这一切，让桑如不曾学会如何同小伙伴们相处，到了青春逆反期，就越发孤独。桑如很苦恼，她要为自己寻找一个突破口，找到温暖与信任，找到安全与友爱，于是，她只有求助于宠物。

我全神贯注地倾听桑如的痛苦，听她断断续续地说被同学奚落和孤立……第一次的咨询时间很快就过去了。临走的时候，桑如怯生生地说，我下周还可以来看您吗？

我说，当然可以了。不过，这要你自觉自愿，不要妈妈陪着。

桑如破涕为笑说，当然是我自愿的。

私下里，我同桑如的妈妈谈了一次。当然，我并没有把和桑如的具体谈话内容告诉她妈妈，只是希望桑如妈妈能正视女儿已经十六岁了这个现实，该放手的时候就要大胆放手。桑如妈妈答应了。

经过若干次的咨询以后，桑如渐渐灵动起来，她开始学会和同学们友好相处，甚至还准备了一些小笑话，打算在春游的时候讲给同学们听。咨询时，她说，我先试着把笑话讲给您听听，如果您笑了，我就敢对着同学们讲了。

我认真地听完了桑如的笑话，开心地笑了。说实话，不是因为桑如的笑话有多么可笑，实在是我看到了她的成长，充满欢愉。

桑如后来说过一句让我长久不能忘怀的话，她说——人最好的宠物，其实就是自己。

你究竟说了些什么

某天，一位朋友给我打电话，说，你到哪里去了？我找得你好苦啊！因为是很好的朋友，我也和她开玩笑说，你是不是要请我吃饭啊？我欣然前往。她着急地说，吃饭有什么难啊，事成之后，我一定大宴于你。只是我们现在要把事情做完，每拖延一天，损失就太大了。

我听出她语气中的急迫，也就收敛起调侃，问道，到底出了什么事？

她不容置疑地说，我要请你做心理咨询。我松了一口气，说，你要做心理咨询，这很好啊。看来大家是越来越重视自己的心理健康了。只是我们是朋友关系，我不能给你做心理咨询。我会为你介绍一位很好的心理咨询师，由她给你做。

朋友说，这个病人不是我，是我的一位同事的亲戚的朋友的孩子。说实话，我并不认识这个病人，和我也没有多么密切的关系，人家信任我，我才来穿针引线。

我说，你真是古道热肠，拐了这么多的弯，还把你急成这样。给你个小小的纠正，来做心理咨询的人不是病人，我们通常称他们为来访者。

朋友说，这有什么很大的不同吗？叫病人比较顺嘴。

我说，很多人来做心理咨询，并不是因为有了心理疾病，而是为了寻求更好的发展潜能和更亲密的人际关系。

朋友说，但我说的这个孩子确确实实是病了。当然不是身体上的病，他的身体棒得能参加奥运会，却不肯去上学。再有两个月就要高考了，这是多么关键的时刻，可他说不上就不上了，谁劝也没用。一家人急得爸爸要跳楼、妈妈要上吊，他却无动于衷，整天把自己关在屋里玩电脑，任谁都不见。家里人急着要找心理医生，但这个孩子主意太大了，根本就不答应去。后来，他家里人找到我，让我跟你联系。那孩子说如果是毕淑敏亲自接待他，他就前来咨询。现在总算联系上了，你万不能推托。你什么时候有时间呢？让他父母带着他来见你……

我一边听着朋友的述说，一边查看工作日程表。最近的每一个时段都安排得满满的，只有七天后的傍晚有一小时的空闲。

我把这个时间段告知了朋友，请她问问那位中学生届时有没有空。

朋友大包大揽道，只要你能抽出时间，那边还有什么好说的？他们一定会来的。

我很严肃地对她说，请你一定把我的原话传过去。第一，要再次确认那位中学生是自己愿意来谈谈他的想法，而不是被父母强迫而来的。第二，征询那个时间对他合不合适。如果他有重要的事情，我们还可以再约另外的时间。第三句话就不必传了，只和你有关。

朋友说，前两件我都会原汁原味地传达到。只是这第三句话是什么，我很想知道。怎么把我这个穿针引线的人也包括进去了？

我说，第三句话就是，你的任务就到此为止了。因为这种特殊的就诊方式，你已经卷入了开头部分。关于进展和结尾，恕我保密。你若是好奇或是其他原因追问我下文，我会拒绝回答。到时候，请你不要生气。不是我不理睬你，友情归友情，工作是工作，保密是原则问题，祈请见谅。

朋友说，好，我把你的话传到就算使命截止。我会尊重你们的工作规定。

一周后的傍晚，一对衣着光鲜的夫妻押着儿子来了。我之所以用了"押"这个词，是因为夫妇俩一左一右贴身护卫着那个高大的年轻人，好像怕犯人逃跑的衙役。年轻人走进咨询室的时候，他们俩也想一并挤入。

接待人员递给我咨询表格，轻声对他们说，你们并不是整个家庭接受咨询。

年轻人说，对，这是我一个人的事。说完，他懒懒散散走进了咨询室，一屁股坐在沙发上，目光直率地打量着我。我也打量着他。

他叫阿伦，身高大约一米八三，双脚不是像旁人那样安稳地倚着沙发腿放置，而是笔直地伸出去，运动鞋像两只肮脏的小船翘在地板中央。他身上和头发里发出浓烈的龌龊汗气，让人疑心置身于一家小饭馆的烂鸡毛和果皮堆的混合物旁。我抑制住反胃的感觉，不动声色地等着他。

你为什么不先说话？他很有几分挑衅地开始了。

我说，为什么我要先说话呢？这里是心理咨询室，是你来找的我，当然需要你先说出理由了。

他突然就笑了，露出很整齐却一点也不白的牙齿，说，你说得也有几分道理啊。不过，是他们要我来见你的。

我问，他们是谁？

阿伦歪了歪鼻子，用鼻尖点向候诊室的方向，在墙的那一边，走动着他焦灼不安的父母。

我表示明白他的所指，把话题荡开，问道，你好像比他们的个子都要高？

他好像受到了莫大的夸奖，说，是啊，我比他们都高。

我说，力气好像也要比他们大啊！

阿伦很肯定地点头说，那是当然啦！我在三年前掰腕子就可以胜过我父亲了。

我把话题一转：如果你不愿意来，你的父母是无法强迫你到心理咨询师这里来的。

阿伦愣了一下，说，对，我是自愿的。

我说，既然你是自愿来的，那你有什么问题要讨论呢？

阿伦说，我其实没有问题，是他们觉得我有问题。我不过是上上网，玩玩电子游戏，有什么了不起的？

我不想跟阿伦在到底是谁有问题的问题上争执不休。因为第一次咨询的任务，最主要是咨询师要和来访者建立起良好的关系，培养起信任感并了解情况。我说，你一天上网的时间是多少呢？

他说，大约18个小时吧。

我无法掩饰自己的惊讶，问道，那你何时吃饭，何时睡觉呢？

阿伦说，饿了就吃，一顿饭大约用3分钟。实在熬不住了，就睡，每次睡15分钟再起来战斗。我发现人一天睡5小时就足够了，说睡8小时那是农耕时代的懒惰。

我说，首先恭喜你——

我的话还没有说完，就被阿伦打断了。您不是在说反话吧？

我很惊奇地反问他，你从哪里觉得我是在说反话呢？

阿伦说，所有的人知道我这样的作息时间之后，都说我鬼迷心窍，哪能一天只睡5小时呢？

我说，我要恭喜你的也正是这一点。因为通常的人是需要每天睡眠8小时，如果你进行了正常的工作学习而只需要5小时睡眠就能恢复精力，这当然是值得庆贺的事情。每天能节约出3小时，一辈子就能节约出若干岁月，你要比别人富余很多时间呢，当然可喜可贺。

阿伦点点头，看来相信我说的是真心话。我紧接着问道，那你何时上学做功课呢？

阿伦皱起眉头说，您是真不知道还是假装不知道呢？我已经整整28天不去上学了。

我发现当他说到"28天"这个日子的时候，眼睫毛低垂了下去。我说，看来，你还是非常在意上学这件事的。

他立刻抗议道，谁说的？我再也不想回到学校了，那是我的伤心之地。

我说，你连每一天都计算得这样清楚，当然是重视了。只是我不知道，在28天以前发生了什么重大的事情，让你做出了不再上学的决定，直到今天还这样愤怒伤感？

阿伦很警觉地说，你到学校调查过我了？

这回轮到我笑起来说，你真是高估了我。你以为我是克格勃？我哪有那个本事！

阿伦还是放不下他的戒心，说，那你怎么知道28天以前发生过什么重大的事情？

我收起笑容说，能让你这么一个身高体壮、智力发达、反应灵敏的年轻人做出不上学的决定，当然是一件重大的事情啦！

阿伦说，你猜得不错。28天之前，正好是我们模拟报高考志愿的时候。我看到发下来的报名表，想也没想就填上了"清华大学"。当然了，我的成绩距离上清华还有很大的差距，但我想，距离考试还有几个月的时间，谁说我就不能创造出点奇迹呢？再有，士可鼓而不可泄呢，这也是兵法中常常教导我们的策略嘛！

没想到代课老师走到我面前，斜眼看了看我的志愿，说，就你这德行也想报清华，你以为清华是自由市场啊？

那天正好我们的班主任因病没来，要是班主任在，也许就不会出事了。这位代课老师因为我有一次打篮球没看见她，忘了问好，就被她记了仇。

我说，怎么啦，清华就不能报了？

老师说，也不看看自己的成色，别给学校丢人了，这样的报考单送到区里做摸底统计，人家不说你不知天高地厚，反倒说是老师没教会你量力而行。

如果老师单单说到这里就停止，我也就忍气吞声了。学校里，老师挖苦学生是天经地义的事，我们都麻木了，我低下了头。老师不依不饶，她撇着嘴说，就凭你这样的人还想为校争光，那我就大头朝下横着走！

听到这里，我忍不住插话道，这位老师如此伤害你的自尊心，我听了很生气。

阿伦没理我，自顾自说下去。

不知为什么，老师这句话强烈地刺激了我，我一想起面目可憎的老师能像个螃蟹似的头抵着土在地上爬行，就不由自主地哈哈大笑。老师摸不着头脑，但是能感觉到我的笑声和她有关，就厉声命令我不要笑。但我依旧大笑不止，她束手无策。那天我笑得天昏地暗，从学校一直笑回了家，闹得父母很吃惊，以为我考了100分。

我走火入魔似的陷入了这种想象之中，但是要让老师真的趴在地上，是有条件的，我必得为校争光。真的考上清华吗？我没有这个把握，若是考不上，岂不验证了老师对我的评判？我就滋生了放弃高考的念头。一场考试，如果我根本就没有参加，就像武林高手不曾刀光剑影华山论剑，你就无法说谁是武林第一。但是放弃了高考，我用什么来证明自己呢？我想到了网络游戏。

说到这里，阿伦抬起头，问道，您玩网络游戏吗？

我老老实实地回答，不玩。我老眼昏花的，根本就反应不过来。

阿伦同情加惋惜叹口气说，那您也一定不知道"魔兽""部落""联盟"这些术语了？

我说，真的很遗憾，我不知道。但我很想向你学习。

我说的是真心话。既然我的来访者是这方面的高手，既然他沉迷于网络不能自拔，我当然要向他请教，我要走入他的世界，我要感同身受地体验到他的快乐和迷惘，我必须了解到第一手的资料和感受。

阿伦说，那我就要向您进行一番普及教育了。他说着，有点似信非信地看着我。

我马上双手抱拳，很恭敬地说，阿老师，请你收下我这个学生。只是我年纪大了，脑袋瓜也不大好使，还请老师耐心细致地讲解，不要嫌弃我笨。如果有不明白的地方，我会提出来，也请老师深入浅出地回答。

他快活地笑起来，说，我一定会耐心传授的。说完，他就一本正经地向我解释起经典游戏的玩法。我非常认真地听他讲授，重要的地方还做笔记。说实话，专心致志的劲头，只有当年在医学院做学生听教授讲课的时候才有这般毕恭毕敬。

交流平稳地推进着，离结束只有10分钟时间了。按照咨询的惯例，我要进入"包扎"阶段。也许在不同的流派里，对于这段时间的掌握和命名各有不同，但我还是很喜欢用"包扎"这个术语。咨询的过程，在某种程度上就是打开了来访者的创伤，在来访者离去之前，一个负责任的心理咨询师要把这伤口消毒与缝合，让来访者在走出咨询室的时候不再流血和呻吟。心理创伤和生理创伤一样，陈年旧疾和深入的刀口，都不是一朝一夕可以愈合如初的。心理咨询师要有足够的耐性和准备，第一次咨询主要是建立起真诚的信任关系和了解情况，其余的工作来日方长。

我说，谢谢你如此精彩的讲解，现在，我对网络游戏多了了解。

阿伦轻快地笑起来，说，能和您这样谈话，真是很愉快啊。我还要再告诉您一个重要的秘密，我就要代表中国和韩国的选手比赛，如果我们赢了，那就真是为国争光了！

我伸出手来祝贺他说，你在游戏中充满了爱国精神。

他紧紧地握住了我的手，说，您说的是真心话吗？

我说，当然，你可以使劲握住我的手，你可以感觉到我的手的力量。如果我的话是假的，我会退缩。

阿伦真的握住了我的手，我感觉到他的手在轻轻地发抖。

分手的时间到了，我对阿伦说，谢谢你对我的信任，告知我那么多的知心话，我会为你保守秘密的。也谢谢你耐心地为我这样一个游戏盲讲解游戏，让我对此有了一定的了解。我希望在下个星期的这个时间能够看到你来，咱们还要讨论为国争光的问题呢！

阿伦脸上的神色突然变得让人捉摸不透。他对我说，原谅我下个星期的这个时间不能来到您这里了。

我尊重阿伦的意见，因为如果来访者自己不愿意咨询了，无论咨询师多么有信心也无法继续施行帮助计划了。

我表示理解地点点头。

阿伦突然扬起了眉毛，说，下个星期的这个时候，我想我是在学校上晚自习吧。您知道，毕业班的功课是非常吃紧的。

我大吃一惊。说实话，在整个咨询过程里，不曾探讨上课的事，我认为时机未到。

阿伦是个无比聪明的孩子，他看出了我的困惑，说，我知道爸爸妈妈领我来的意思，谢谢您没有说过一句让我回去上课的话。在来的路上我就想好了，如果您也千篇一律地劝我的话，我会扭头就走。谢谢您，什么也没说。您向我讨教游戏的玩法，我很感动。从小到大，还没有一个成年人如此虚心地向我求教过，这样耐心地听我说话。还有，您最后祝愿我为国争光，我非常高兴，您终于理解我的不上学其实只是想证明自己是有能力做一些事情并且能做好的。对了，您还表示了对那个老师的愤慨，让我觉得很开心，觉得自己不再孤独和愚蠢……现在，我不需要再用网络游戏来证明什么给那个老师看了，我要回到书本中去了。我知道这也是您希望的，只是您没有说出来。

我们紧紧握手，这一次，他的手掌都是汗水，但不再抖动。

过了暑假，那位朋友跟我说，你用了什么法子让那个网络成瘾的孩子改邪归正的？他的父母非常感谢你，因为他考上了重点大学，真是考出了最好的成绩呢！他们想请你吃饭，邀我作陪。

我说，咱们可是有言在先的，我不能向你透露任何相关的信息，也不能赴宴。如果你馋虫作怪，我来请你吃饭好了。

朋友说，我看他们感谢你还不是最主要的目的，主要是想探听出你究竟跟他们的儿子说了点什么，能有这么大的功效。

我说，那一天，我说得很少，阿伦说得很多。其余的，无可奉告。

最重的咨询者

我猜你第一眼看到这个题目，一定以为是"最重要的咨询者"。很抱歉，不是最重要，是最重。你可能要大吃一惊，说你们的心理咨询室里还设磅秤吗？每个来咨询的客人，都要量体重吗？

并没有人体秤，我也从来没有问过来访者的体重。只是这位来访者实在太胖了，不用任何器械，我也能断定他在我所接待过的来访者中体重第一。

他穿了一条肥大的牛仔裤，一看就是那种出口转内销的外贸尾单货，专供欧美等国特大号胖子装备的。上身是一件黄绿相间的花衬衣，有点苏格兰格子的味道，想来是从国外淘买回来的，亚洲人难得有这样庞大的规格。他名叫武威，正在上大学三年级。

我好着呢！什么毛病也没有！武威开门见山地说。他小山似的身体将咨询室的沙发挤得满满当当，腰腹部的赘肉从沙发的扶手镂空处挤出来，好像是脂肪的河流发山洪溢出了河道。我暗自庆幸当年置办办公家具的时候，选择了不锈钢腿的沙发。若是全木质精雕细刻的，在这样的负荷之下，难免断裂。

我说，既然您觉得自己一切正常，为什么到我们这里来呢？

我问这话，不单单是一个询问策略，实实在在也是自己心中的困惑。当然了，武威的体形令人瞠目结舌，但如果当事人不觉得这是一个问题，心理咨询师也犯不上自告奋勇、迫不及待地为他人排忧解难。

武威一笑，笑容有一种孩子般的天真。他说，我说我觉得自己正常，但这并不代表着我的家人也觉得我正常。

我说，这么说，是家里人让你来看心理医生的？

武威说，可不是吗！他们说我太胖了，马上就要面临大学毕业找工作，像我这样的体形，会受到歧视，更甭说以后找对象结婚的事了。总之，他们让我减肥，我吃过各式各样的减肥药，喝过名目繁多的减肥茶，还尝试过针灸、推拿、揉肚子……

我问，什么叫揉肚子？

武威说，一种新近流行起来的减肥方法，就是好几个人在你的肚子上像和面一样揉啊揉的，据说能把腹部的脂肪颗粒粉碎，这样就可以排出体外了。还有一种吸油纸，就像胶布一样贴在你想减肥的部位，大概过上一小时，就会看到那片纸变透明了，全都是油滴。

我大吃一惊。以我当过二十年医生的经验，绝对不相信人体内的脂肪会被一张纸榨出来。

这是真的吗？我问。

武威说，有一次，我把吸油纸贴在冰箱外壳上。一小时之后，吸油纸也是油光闪闪的。

我愤然，怎么能这样骗人！

武威说，现在社会上流行以瘦为美，商家就利用人们的这种心理大发减肥财呗。

我发现武威虽然看起来动作迟缓，但思维清晰敏捷。

我说，想必你尝试过种种减肥术方法，都没效果。

武威说，您说对了一半。就我尝试过的方法，公平地说，除了吸油纸是彻头彻尾的骗术以外，其他的多少都有一些效果。它们之中要么是用了泻药，要么使用了西药抑制人的食欲，每次我都能成功地减肥几十公斤。

我又一次坠入雾海。若是每一次都减肥成功，那么武威目前就不会是如此的庞然大物了。或者说，他以前简直重如泰山？

看到我百思不得其解的模样，武威说，是的，每一次都成功，可是，您知道反弹吗？

我说，知道，就是体重又恢复到原来的分量了。

武威说，岂止是原来的分量，是更上一层楼了。我就这样，一次又一次地减肥，然后一次又一次地比原来更肥。

我觉得武威说完这句话应该愁眉苦脸，起码也会叹一口气吧。可是，武威依然是安之若素的模样，甚至嘴角还浮现出隐隐的笑意。

我有点怀疑自己的眼睛，但是，没错，武威脸上并没有任何沮丧的神气，看来，他说自己没有问题，也不是毫无根据的。但是，面对着这种明显不正常的体重，还要说一切正常，这是不是正是要害所在呢？

我对武威说，我看，你对自己的体重并不觉得有什么不合适的地方。

武威好像遇到了知音，说，哎呀，您可真说到我的心里了。我并不觉得这不正常。

把一个明显不对头的事说成正常，这也是问题啊。我说，武威，你可以有一个选择。你要是觉得自己没有一点问题，你就可以走了。你要是希望自己变得更好，咱们就来探讨一下有关的问题。毕竟，你的体重超标了。这是一个事实。

武威迟疑了一下。看来，他是一个好脾气的胖子，所以，他并不想忤逆父母的意愿，就乖乖地来见心理医生了。不过，他打算走个过场，然后就照样我行我素。现在，面临选择，他费了思量。过了一会儿，他说，您说这话我愿意听——谁不愿意把自己变得更好呢？我愿意和您讨论一下我的体重问题。

很好，显著的进步。武威终于承认自己的体重是一个问题了。

我说，你从小就比较胖吗？

武威连连摇头说，我小的时候一点都不胖。从十二岁零三个月的时候开始发胖。以后就越发不可控制，差不多每年长20斤。

要说一个月长一斤多肉，也不是什么了不起的事，但日积月累，就成了现在的样子。

这段话初听起来，好像很普通。但我注意到了一个奇怪的数字——十二岁零三个月。按说体重增加并不是突然发生的，但武威为什么把日子记得那样清楚呢？

我说，武威，当你十二岁零三个月的时候，发生了什么？

武威低下头说，我不能告诉你。

我说，为什么？

武威说，因为一想起那段日子，我就太悲伤了。

我说，武威，将近十年过去了，你还这样痛苦。我猜想，这也许和你的一位挚爱的人离去有关。

武威抬起头来，我看到他的眼珠被泪水包裹。他说，您说对了。我从小就是和外婆在一起，她是个非常慈祥的老太太。我从她那里得到了温暖和做人的道理。我觉得她这样好的人是永远不会死的。可是，她得了癌症。很多人得了癌症，也都可以治疗，比如化疗什么的，就算不能挽回生命，坚持个三年五载的也大有人在。可我外婆什么治疗都不能做，从发现患病到去世，只有短短的二十天。我痛不欲生，拼命吃饭，从那以后，就踏上了变胖的不归路……

我的脑海开始快速运转。按说痛不欲生的结果，是令人食欲大减，饭不思茶不饮的，似这般暴饮暴食，胡吃海塞，搞得体重骤升的，实在罕见。

我说，原谅我问得可能比较细，你吃下那么多东西的时候想的是什么?

武威说,我想这就是纪念我外婆的一种方式。

我又一次糊涂了。祭奠亲人的方式,可能有千千万万种,但用超常的食欲来思念外婆,这里面有着怎样的逻辑?

我说,你外婆一直鼓励你多吃饭吗?

武威说,没有。外婆是非常清秀的江南女子,直到那么老的年纪都非常美丽,每餐只吃一点点饭。

我说,那么,你为什么要用吃饭悼念外婆呢?

武威陷入了痛苦的回忆。许久,他喃喃地说,也许……是因为……我听到了一句话。

我说,那是一句怎样的话?

武威用手支撑着巨大的头颅,说,那一天,我到医院去看望外婆。正是中午,大家都休息了。当我路过医生值班室的时候,听到两位值班医生在说话。男医生说,13床的治疗方案最后确定了没有?女医生说,没有什么治疗方案了,就是保守对症,减轻病人一点痛苦。男医生问,干吗不手术呢?女医生答,年纪太大了,如果手术,很可能就下不了台子,比不做还糟糕。男医生又开言,那么化疗呢?资料上说,现在新的药物对这种癌症效果不错的。女医生接着回答,13床太瘦弱了,化疗方案一上去,人肯定就不行了,还不如这样熬着,活一天算一天……

13床,就是我的外婆啊。

医生们的这段对话,给我留下了非常深刻的印象。我觉得外婆的死就是因为她太瘦了,瘦到无法接受治疗,如果她胖一点,就能够战胜死神，就能一直陪伴在我身边……

武威断断续续地讲着，他的眼泪一滴滴洒落在黄绿相间的格子衬衣上，让黄的地方更黄，绿的地方更绿。胖人的眼泪也比一般人的要硕大很多，每一滴都像一颗透明的弹球。

我默默地坐着，能够想象至亲的人离去给当年的小男孩以怎样摧毁般的打击。他以自己的方式表示着痛入心肺的哀伤，表示着对死神的强大愤怒，表示着对外婆的无比眷念……难怪他不认为这是不正常的，难怪他在每一次减肥之后都让自己的体重更加高。

在接下来的多次咨询中，我和武威慢慢地讨论着这些。当然，我不能把自己的判断一股脑地告知他，而是在我们的共同探讨中渐渐向前。

武威后来成功地减下了50公斤体重，成了英俊潇洒的靓仔，对外婆的悼念也化成了力量，他各方面都很优秀。

任何成瘾都是灾难

有个年轻人，名叫安澜。他说自己干什么都会成瘾。

我要详细了解情况，就说，请打个比方。

他说，我上学的时候就对网络成瘾。那时候，我每天起码有5小时要趴在网上，网友遍布全世界。

我插嘴道，全世界？真够广泛的。

安澜说，是啊。人们都说上网对学习有影响，可那时我的英文水平突飞猛进。因为要和国外的网友聊天，你要是英文不利索，人家就不理你了。

我说，一天5小时，你还是学生，要保证正常的上课，哪里来的这么多时间啊？

安澜说，很简单，压缩睡眠。我每天只睡5小时。我有单独的房间，电脑就在床边。我每天做完作业后先睡下，4小时之后，准时就醒了，一骨碌爬起来就上网，神不知鬼不觉的，到了天快亮的时候，再睡1小时回笼觉。爸爸妈妈叫我起床的时候，我正睡得香甜。很长时间，家里人看我白天萎靡不振的，都以为是上学累的，殊不知我的睡眠是个包子，外面包的皮是睡觉，里面裹的馅就是上网。

我说，青少年正是长身体的时候，你这样睡眠不足，是要出大问题的。

安澜说，还真让你说对了。后来，我就得了肾炎。因为不能久坐，我只好缩减了上网的时间。我休了学，急性期过了以后，医生建议我开始缓和的室外活动，慢慢地增强体力。我就到郊外或是公园散步。一个人在外面闲逛，就是风景再美丽、空气再新鲜，也有腻的时候。我爸说，要不给你买个照相机吧，一边走一边拍照，就不觉得烦了。家里先是给我买了个数码的傻瓜相机。果然，照相让人觉得时间过得很快，一只狗正在撒尿，一只猫正在龇牙咧嘴地向另外一只猫挑衅，都成了我的摄影素材。白天照了相，晚上就在电脑上回放，自己又开心一回。很快，这种简陋的卡片机就不能满足我的愿望了。我开始让家里人给我买好的机子，买各式各样的镜头……把自己认为好的照片放大。城周围的景物照烦了，就到更远的地方去，我又迷上了旅游。后来我爸说，我这是豪华型患病，花在照相和旅游上的钱，比吃药贵多了。不管怎么样，我的病渐渐地好了。因为错过了高考，我就上了一所职业学校，学市场营销。毕业以后，我进了一家玩具公司。玩具这个东西，利润是很大的，只要你营销搞得好，拿比例提成，收入很可观。这时候，因为时间有限，到远处旅游和照相，变得难以实现，我就迷上了请客吃饭……

我虽然知道咨询师在这时应该保持足够的耐心倾听，还是不由自主地小声重复——迷上了请客吃饭？

说句实话，我见过各种上瘾的症状，要说请客吃饭上瘾，还真是第一次碰上。

安澜说，是啊。我喜欢请客时那种向别人发出邀请，别人受宠若惊的感觉。喜欢挑选餐馆，拿着点菜单一页页翻过时的那种运筹帷幄的感觉，好像点将台上的将军。尤其是喜欢最后结账时一掷千金舍我其谁的豪爽感。

我思忖着说，你为这些感觉付出的代价一定很高昂。

安澜垂头丧气地说，谁说不是呢？去年年底，我拿到了七万块钱的奖励提成，结果还没过完春节，就都花完了。我可给北京的餐饮业做出了杰出的贡献。最近，我们又要发季度提成了，我真怕这笔钱到了我的手里，很快就烟消灰灭。而且，酒肉朋友们散去之后，我摸着空空的钱包，觉得非常孤单。可是下一次，我又会重蹈覆辙，不能自拔。我爸和我妈提议让我来看心理医生，说我这个人爱上什么都没节制，很可怕。将来要是谈上女朋友也这样上瘾，今天一个明天一个，就变成流氓了。我自己也挺苦恼的，一个人，要是总这样管不住自己，也干不成大事啊。您能告诉我一个好方法吗？

我说，安澜，我知道你现在很焦虑，好方法咱们来一起找找看。你能告诉我像上网啊、摄影啊、旅游啊、请客吃饭啊这些活动带给你的最初的感觉是什么吗?

安澜说,当然是快乐啦!

我说,让咱们假设一下,如果在那个时候,来了位医生抽一点你的血,化验一下你的血液成分,你觉得结果会怎么样?

安澜困惑地吐了一下舌头,说,估计很疼吧? 结果是怎样的,就不知道了。

我说,抽血有一点疼,不过很快会过去。我以前当过很久的医生,对化验这方面有一点心得。当人们在快乐的时候,内分泌系统会有一种物质产生,叫做内啡肽。

安澜很感兴趣说,您告诉我是哪几个字。

我在一张纸上写下了"内啡肽"几个字。

安澜仔细端详着,说,这个"啡"字,就是咖啡的"啡"吗?

我说,正是。咖啡也有一定的兴奋作用。

安澜说,您的意思是说,每当我进入那些让我上瘾的活动的时候,我身体里都会分泌出内啡肽吗?

我说,安澜,你很聪明,的确是这样的。内啡肽让我们有一种不知疲劳、忘却忧愁、精神焕发的感觉。这在短期内当然是很令人振奋的,但长久下去,身体就会吃不消。这就是很多上了网瘾的人,最后变成茶饭不思、精神萎靡不振、体重大减、面黄肌瘦的原因啊。而且,因为人上瘾时,对其他的事情不管不顾,考虑问题很不理性,就会出现严重的后果。这也就是你在请人吃完饭之后精神十分空虚的症结。有的人工作成瘾，就成了工作狂。有的人盗窃成瘾，就成了罪犯。有的人飞车成瘾，就成了飙车一族。有的人权力成瘾，就成了独裁者……

安澜说，这样看来，内啡肽是个很坏的东西了。

我说，也不能这样一概而论。人体分泌出来的东西，都是有用的。比如当你跑马拉松的时候，只要冲过了身体那个拐点，因为体内开始有内啡肽的分泌，你就不觉得辛苦，反倒会有一种越跑越有劲的感觉。比如有的科学家埋头科学实验，为了整个人类的发展做出了卓越贡献，在那种非常艰难困苦的条件下能够坚持下来，他的内啡肽也功不可没啊！

安澜说，听您这样一讲，我反倒有点糊涂了。

我说，任何事情都要有节制。比如，温暖的火苗在严冬是个好东西，可要是把你放到火上烤，结果就很不妙。如果你不想变成烤羊肉串，就得赶快躲开。再有，在干燥的沙漠里，泉水是个好东西，但要是发了洪水，让人面临灭顶之灾，那就成了祸害。对于身体的内分泌激素，我们也要学会驾驭。这说起很难，其实，我们一直在经受这种训练。比如你肚子饿了，经过一个烧饼摊，虽然烤得焦黄的烧饼让你垂涎欲滴，但是如果你没买下烧饼，你就不能抢上一个烧饼下肚。如果你看到一个美丽的姑娘，虽然你的性激素开始分泌，你也不能上去就拥抱人家。所以，学会控制自己的内啡肽，也是成长的必修课之一啊。

听到这里，安澜若有所思地拿起那张纸，看了又看，说，这个内啡肽的"啡"字和吗啡的"啡"字，也是同一个字。

我说，安澜，你看得很细，说得也很正确。成瘾这件事，最可怕的是毒品成瘾。吗啡和内啡肽有着某种相似的结构，当有些人靠着毒品达到快乐巅峰的时候，他们就步入了一个深渊。这就更要提高警惕了。当然了，网瘾和毒品成瘾还是有一定的区别的。不过，一个人要身体健康和心理健康，对所有那些令我们成瘾的事物都要提高控制力，要有节制。

那天告辞的时候，安澜说，我记住了，任何成瘾都是灾难。

心轻者上天堂

埃及国家博物馆有一件奇怪的展品。一方用精美白玉雕刻的匣子，大小和常用的抽屉差不多，匣内被十字形玉栅栏隔成四个小格子，洁净通透。玉匣是在法老的木乃伊旁发现的，当时匣内空无一物。从所放的位置看，匣子必是十分重要，可它是盛放什么东西用的？为什么要放在那里？寓意何在？谁都猜不出。这个谜，在很长一段时间内让考古学家们百思不得其解。后来，在埃及中部卢克索的帝王谷，在卡尔维斯女王的墓室中，发现了一幅壁画，才破解了玉匣的秘密。

壁画上有一位威严的男子，正在操纵一架巨大的天平。天平的一端是砝码，另一端是一颗完整的心。这颗心是从一旁的玉匣子中取出的。埃及古老的文化传说中，有一位至高无上的美丽女性，名叫快乐女神。快乐女神的丈夫，是明察秋毫的法官。每个人死后，心脏都要被快乐女神的丈夫拿去称量。如果一个人是欢快的，心的分量就很轻，女神的丈夫就判那颗羽毛般轻盈的心引导着灵魂飞往天堂。如果那颗心很重，被诸多罪恶和烦恼填满褶皱，快乐女神的丈夫就判他下地狱，让他永远不得见天日。

原来，白玉匣子是用来盛放人的心灵的。原来，心轻者可以上天堂。

自从知道了这个传说，我常常想，自己的心是轻还是重，恐怕等不及快乐女神的丈夫用一架天平来称量，那实在太晚了。呼吸已经停止，一生盖棺论定，任何修改都已没有空白处。我喜欢未雨绸缪，在我还能微笑和努力的时候，就把心上的坠累一一摘掉。我不希图来世的天堂，只期待今生今世此时此刻朝着愉悦和幸福的方向前进。天堂不是目的地，只是一个让我们感到快乐自信的地方。

心灵如果披挂着旧日尘埃，好像浸透了深秋夜雨的蓑衣，湿冷沉暗。如何把水珠抖落，在朗空清风中晾干哀伤的往事？如何修复心理的划痕，让它重新熠熠闪亮，一如海豚的皮肤在前进中把阻力减到最小？如何在阳光下让心灵变得通透晶莹，仿佛古时贤臣比干的七窍玲珑心，忠诚正直，诚恳聪慧，却不会招致悲剧的命运？

我们不是从一张白纸开始自己的心灵健康之旅，背负着个人的历史和集体的无意识。在文化的熏染中长大，它们对我们的影响复杂而深远，微妙而神秘。

心理库容

勇气的精髓就是稳定地活着，没有丝毫的自欺，执掌着非常强大的安全感，对宇宙有一种敬畏和信赖。如果心中没有希望，那么哪里都不是理想的抛锚地。

有时候，真的会遇上一些非常倒霉的人，叫你简直都不知道跟他说什么好。所有的语言好像都是多余的，真不知道命运为什么如此苛待于他。然而仍然不能放弃希望。放弃了，就真的一无所有了。只要生命还在，希望就能萌生。

许多人为自己没能得到最后的成功而痛楚，其实，不妨先分析一下失败的缘故。唯有当你没有全力以赴，你的失败才令人寝食不安。如若你已经全力以赴，你的失败即使不是成功的前奏，你纵然永远也得不到成功，你仍然不必痛苦。就算死后万事皆空，我们活过一生的这个事实，已构成了宇宙的一部分。

人的心理就像水库。库容太小了，就应对不了强大的情感水流，也许会冲毁堤坝，暴发山洪。之后的重建，要花费很多心理能量。如果你有一个庞大的内心储备，就可以在突发事件面前从容淡定，吞下千沟万壑的泥沙，依然水平如镜。

生活中最绵弱难解的部分就是情感，生命中最华彩的篇章也是情感。我听过无数愁男怨女谈情感故事，真是峰回路转，万千气象。当事人没有不迷惑的，没有不肝肠寸断的，没有不涕泪滂沱的，没有不咬牙切齿的……闹得我这个听故事的人，若不是有把子年纪，且已生儿育女，简直就要生出遁入空门的佛心了。

然而，这就是生命中最华彩的篇章，祸福相倚。

究竟你失去了什么

一个身材高大的男青年倚在一个瘦弱的女子身上，踉踉跄跄地走进心理咨询中心。工作人员以为他患了重病，忙说，我们这里主要是解决心理问题的，如果是身体上的病，您还得到专科医院去看。

女子搀扶着男青年坐在沙发上，气喘吁吁地说："他叫瞿杰，是我弟弟。我们刚从专科医院出来，从头发梢到脚后跟，检查了个底儿，什么毛病都没查出来。可他就是睡不着觉，连着10天了，每天24小时，什么时候看他，他都睁着眼，死盯着天花板，啥话也不说。各种安眠药都试过了，丝毫用处都没有。再这样下去，就算什么病也不沾，人也会活活熬死。专科医院的大夫也没辙了，让我们来看心理咨询。求求你们伸出援手救救我弟弟吧！"

姐姐涕泪交流，瞿杰仿佛木乃伊，空洞的目光凝视着墙上的一个油墨点，无声无息。

瞿杰进了咨询室，双手撑着头，眉锁一线，表情十分痛苦。

我说："睡不着觉的滋味非常难受，医学家研究过，一个人如果连续一周不睡觉，精神就会崩溃，离死亡就不远了。"

"你以为是我不愿意睡觉吗？你以为一个人想睡就睡得着吗？你以为我失眠是我的责任吗？你以为我就不知道人总是睡不着觉就会死的吗？！"瞿杰突然咆哮起来，用拳头使劲击打着墙壁，因为过分用力，他的指节先是变得惨白，继而充血发暗，好像箍着紫铜的指环。

我平静地看着他，并不拦阻。他需要发泄，虽然我暂时还不知道导致他重度失眠和激烈情绪的原因是什么，但他能够如此激烈地表达情绪，较之默默不语就是一个进步。燃烧的怒火比闷在心里的阴霾发酵成邪恶的能量，好过千倍。至于他把怒火转嫁到我身上，我一点也不生气。虽然他的手指指点的是我，唾沫星子也几乎溅到我脸上，指名道姓用的是"你"，似乎我就是令他肝胆俱碎的仇家，但我知道，这是情绪的宣泄和转移，并非和咨询师个人不共戴天。

一番歇斯底里的发作之后，瞿杰稍微安静了一点。

我说："你如此憎恨失眠，一定希望能早早逃脱失眠的魔爪。"

他翻翻暗淡无光的眼珠子说："这还用你说吗？"

我说："那咱们俩就是一条战壕的战友了，我也不希望失眠害死你。"

瞿杰说："失眠是一个人的事情，你就是愿意帮助我，又有什么用！"

我说："我可以帮你找找原因啊。"

瞿杰抬起头，挑衅地说："好啊，你既然说要帮我，那你就说说我失眠到底是什么原因吧！"

我又好气又好笑，说："你失眠的原因，只有你自己知道，你要是不愿意说，谁都束手无策。要知道，失眠的是你，而不是我。你若是找不到原因，或是找到了原因也不说，把那个原因像个宝贝似的藏在心里，那它就真的成了一个魔鬼，为非作歹地害你，直到害死你。别人也爱莫能助，无法帮到你。"

瞿杰苦恼万分地说："不是我不说，是我真的不知道为什么失眠。"

我说："你失眠多长时间了？"

瞿杰说："10天。"

我说："在失眠的时候，你想些什么？"

瞿杰说："什么都不想。"

我说："人的脑海是十分活跃的，只要我们不在睡眠当中，我们就会有很多想法。你说你失眠却好像什么都不想，这很可能是因为有一件事让你非常痛苦，你不敢去想。"

瞿杰有片刻挺直了身子，马上又委顿下去，说："你是有两下子，比那些透视的X光和核磁共振什么的要高明一点。他们不知道我脑子里想的是什么，你猜到了。我承认你说得对，是有一件事发生过……我不愿意再去想它，我要逃开，我要躲避。我只有命令自己不想，但是，大脑不是一个好的士兵，它不服从命令，你越说不想，它越要想，这件事就像河里的死尸，不停地浮现出来。我只有一个笨办法，就是用其他的事来对岔，飞快地从一件事逃到另外一件事，好像疯狂蔓延的水草，就能把死尸遮挡住了。这法子刚开始还有用，后来水草泛滥成灾，死尸是看不到了，但脑子无法停顿，各种各样的念头在翻滚缠绕，我没有一时一刻能够得到安宁，好像是什么都在想，又像是什么都不想，一片空白。"说到这里，他开始用力捶击脑袋，发出空面袋子的噗噗声。

我表面上镇静，心里还是有点担心，怕这种针对自我的暴力弄伤了他的身体，做好了随时干预的准备。过了一会儿，他打累了，停下来，呼呼喘着粗气。

我说："你对抗失眠的办法就是驱使自己不停地想其他的事情，以逃避想那件事情。结果，脑子进入了高速旋转的状态，再也停不下来。你现在能告诉我那件让你如此痛苦不堪的事情究竟是什么吗？"

他迟疑着，说："我不能说。那是一个妖精，我好不容易才用五花八门的事情把它挡在门外，你让我说，岂不是又把它召回来了吗？"

我说："我很能理解你的恐惧，也相信你让自己的大脑不停地从一个问题跳到另外一个问题，用飞速旋转抗拒恐惧。在最初的阶段，这个没有法子的法子，在短时间内帮助过你，让你暂时与痛苦隔绝。但是，随着时间的延续，这个以折磨取胜的法子渐渐失灵了，你变得疲惫不堪，脑子也没办法进行正常的思维和休息，你就进入了混乱和崩溃，这个法子最终伤害了你……"

瞿杰好像把这番话听了进去，用手撕扯着头发。我不想把气氛搞得太压抑，就开了个玩笑，说："依我看啊，你是饮鸩止渴。"

瞿杰好奇地问："鸩是什么？渴是什么？"

我说："渴就是你所遭遇到的那件可怕的事情。鸩就是你的应对方法。如今看来，渴还没能把你搞垮，鸩就要让你崩溃了。渴是要止住的，只是不能靠饮鸩。我们能不能再寻找更有效的法子呢？况且直到现在，你还那么害怕这件事卷土重来，说明渴并没有真正远离你，鸩并没有真正地救了你。如果把这个可怕的事件比作一只野兽，它正潜伏在你的门外，伺机夺门而入，最终吞噬你。"

瞿杰的身体直往后退缩，好像要逃避那只野兽。我握住他的手，给他一点力量。他渐渐把身体挺直，若有所思地说："您的意思是我们只有把野兽杀死，才能脱离苦海，而不是只靠点起火把敲响瓶瓶罐罐地把它赶走？"

我说："瞿杰，你说得非常对。现在，你能告诉我那只让你非常恐惧的野兽是什么吗？"

瞿杰又开始迟疑，沉默了漫长的时间。我耐心地等待着他。我知道，这种看起来的沉默像表面波澜不惊的深潭，水面下风云变幻，正进行着激烈的思想斗争——说还是不说？

终于，瞿杰张开了嘴巴，舔着干燥的嘴唇说："我……失……恋了。"

原本我以为让一个英俊青年如此痛不欲生的理由一定惊世骇俗，不想却是十分常见的失恋，一时觉得小题大做。但我很快调整了自己的思绪，认真回应他的痛楚。心理问题就是这样奇妙，事无大小，全在一心感受。任何事件都可能导致当事人极端的困惑和苦恼，咨询师不能一厢情愿地把某些事看得重于泰山，而轻视另外一些事情，以为轻若鸿毛。唯有当事人的情绪和感受，才是最重要的风向标。

我点点头，说："谢谢你对我的信任。失恋的确是非常令人惨痛的事情，有时候足以让我们颠覆，怀疑整个世界。"

瞿杰说："我没有把这件事告诉任何人。"

我说："你不说，一定有你不说的理由。"

瞿杰说："没想到你这样理解我。你知道我为什么不说吗？"

我老老实实地回答："不知道。如果你告诉我，我就知道了。"

瞿杰说："你看我条件如何？"

我说："你指的条件包括哪些方面的呢？"

瞿杰说："就是谈恋爱的条件啊。"

我说："每一代人都有每一代人的条件，我的眼光可能比较古旧了，说得不对，供你参考。依我看来，你的条件不错啊。"

瞿杰第一次露出了笑容，说："岂止是不错，简直就是优等啊。你看我，一米八三的身高，校篮球队的中锋，卡拉OK拿过名次，功课也不错，而且家境也很好，连结婚用的房子家里都提前准备好了……"

我说："万事俱备只欠东风了。"

瞿杰说："是啊，这个东风就是一位女朋友。"

我说："你的女朋友究竟是一个怎样的人呢？"

瞿杰说："人们都以为我的女朋友一定是倾国倾城的淑女，不敢说一定门当户对，起码也是小家碧玉……可我就是让大家大跌眼镜，我的女朋友条件很差，长得丑，皮肤黑，个子矮，家里也很穷，但很有个性……得知我和她交朋友，家里非常反对。我说，我就是喜欢她，如果你们不认这个媳妇，我就不认你们。话说到这个份儿上，家里也只好默许了。总之，所有的人都不看好我的选择，但我义无反顾地爱她。可是，没想到，她却在11天前对我说，她不爱我了，她爱上了另外一个人……我以前听说过'天塌地陷'这个词，觉得太夸张了，就算地震可以让土地裂缝，天是绝对不会塌下来的，但是在那一瞬，我真正明白了什么是乾坤颠倒、地动山摇。我被一个这样丑陋的女人抛弃了，她找的另外一个男人和我相比，简直就是一堆垃圾，不，不，说垃圾都是抬举了他，完全是臭狗屎！"

瞿杰义愤填膺，脸上写满了不屑和鄙夷，还有深深的沮丧和绝望。

事情总算搞清楚了，瞿杰其实是被这种比较打垮了。我说：

"这件事的意义对于你来说，并不仅仅是失恋，更是一种失败和耻辱。"

瞿杰大叫起来："你说得对，就像八国联军入侵，我没放一枪一炮就一败涂地，丧权辱国。如果说我被一个绝色美女抛弃了，我不会这么懊丧。如果说我被一个高干的女儿或是富商家的小姐甩了，我也不会这么愤慨。或者说啦，如果她看上的是一个美男、大款、爵爷什么的，我也能咽下这口气，再不干脆嫁了个离休军长，我也认了……可您不知道那个男生有多么差，我就想不通我为什么会败在这样一个人渣手里，我冤枉啊……"

看到瞿杰把心里话都一股脑地倾倒出来，我觉得这是很好的进展。我说："我能体会到你深入骨髓的创伤，其实你最想不通的还不是失恋，是在这样的比较中你一败涂地，溃不成军！"

霍杰愣了一下，说："你的意思是说我的痛苦不是失恋引起的？"

我说："表面上看起来，是失恋让你痛不欲生。但是刚才你说了，如果你的前女友找的是一个条件比你好的男生，你就不会这么难过。或者说如果你的前女友自身的条件要是更好一些，你也不会这样伤心。所以，我要说，你的失落感和失恋有关，但更和其他一些因素有关。"

瞿杰若有所思道："你这样一讲，好像也有一点道理。但是，如果没有失恋，这一切都不会发生啊。"

我说："如果没有失恋，也许不会这样集中地爆发出来，但是恕我直言，你是不是经常在和别人的比较当中过日子？"

瞿杰说："那当然了。如果没有比较，你怎么能知道自己的价值？"

我说："瞿杰，这可能就是问题的关键所在了。其实，一个人的价值并不在和别人的比较之中，而是在自己的掌握之中。就拿你自己来当例子，你和11天以前的你有什么大的变化吗？"

瞿杰说："除了睡不好觉、体重减轻、头发掉了一些之外，似乎并没有其他的变化。"

我说："对啊，那么，你对自己的评价有什么变化吗？"

瞿杰说："当然有了。比如我觉得自己不出色、不优秀、不招人喜爱、前途暗淡了……"

我说："你的篮球还打得那样好吗？"

瞿杰不解地说："当然啦。只是我这几天没有打篮球，如果打，一定还是那样好。"

我又说："你的歌唱得还好吗？"

瞿杰说："这个没有问题。只是我现在没有心思唱歌。如果唱哀伤的歌，也许比以前唱得还好呢。"

我接着说："你的学习成绩怎样呢？"

瞿杰好像明白了一些，说："还是很好啊。"

我最后说："你的个头怎样呢？"

瞿杰难得地笑出声来，说："您可真逗，就算我几天几夜不吃饭不睡觉，分量上减轻点，骨头也不会抽抽啊。"

我趁热打铁说："对呀，你还是那个你，只是这其中发生了失恋，一个女生做出了她自己的选择……我们还不完全知道她是因为什么做出这样的决定，但你只有接受和尊重这个决定，这是她的自由。两个相爱的人因为种种原因不能走到一起，固然是一个令人伤感的事情，但感情的事情是不能勉强的。世上无数的人经受过失恋，但从此一蹶不振的人毕竟有限。瞿杰，我看你面对的并不是担心自己以后找不到女朋友，而是更深层的忧虑。"

瞿杰说："您说得太对了。寝室的男友知道我失恋的事，总是说，以你这样好的条件，还怕找不到好姑娘吗？别这么失魂落魄的，看哥儿们下午就给你介绍一个漂亮美眉。他们不知道我心里的苦，我并不是担心自己以后找不到老婆，而是想不通为什么会被人行使了否决权，我觉得自己在人格上输光了血本。"

我说："瞿杰，谢谢你这样勇敢地剖析了自己的内心，失恋只不过是个导火索，它点燃的是你对自己的评价的全面失守。你认为女友的离开是地狱之门，从此你人生黑暗。你看到她的新男友，觉得自己连一个这样的人都不如，就灰心丧气全盘否定了自己。"

在长久的静默之后，瞿杰的脸上渐渐现出了光彩，他喃喃地说："其实我并没有失败？"

我说："失恋这件事也许已成定局，但是人生并不仅仅是爱情，还有很多重要的事情在等待着你。再说，就是在爱情方面，你也并不绝望，依然有得到纯美爱情的可能性啊。"

瞿杰深深地点头，说："从此我不会再从别人的瞳孔中寻找对我的评价，我会直面失恋这件事情……"

瞿杰还是被姐姐扶着走出咨询中心的。他的眼睛因为极度的困倦已经睁不开，靠在姐姐肩头险些睡着。大约一个半小时之后，工作人员说瞿杰的姐姐打电话找我。我以为瞿杰有了什么新情况，赶紧接过电话。

瞿杰的姐姐说："我带着瞿杰，现在还在出租汽车上。"

我说："你们家这么远啊？"

瞿姐姐说："车已经从我们家门口路过好几次了。"

我说："那你们为什么像大禹治水一样，路过家门而不入？"

瞿姐姐说："瞿杰一坐上出租汽车马上就进入了深深的睡眠，睡得香极了，还说梦话，说：'我不灰心，我不怕……'睡得口水都流出来了，好像一个甜甜的婴儿。这些天他睡不着觉，非常痛苦。看到他好不容易睡着了，我不敢打扰他，就让出租车一直在街上兜圈子，绕了一圈又一圈，车费都快200块钱了。我怕一旦把他喊起来，他又进入无法成眠的苦海。可他越睡越深沉，没有一点醒来的意思，我也不能一直让车拉着他在街上跑。我想问问您，如果把他喊醒下车回家，他会不会一醒过来就又睡不着觉了？我好害怕呀！"

我说："不必担心，你就喊醒他下车回家吧。如果他还睡不着觉，就请他再来。"

瞿杰再也没有来。

虾红色情书

朋友说她的女儿要找我聊聊。我说，我——很忙很忙。朋友说，她女儿的事——很重要很重要很重要。结果，两个“忙”字在三个“重”字面前败下阵来。于是我约她的女儿若樨某天下午在茶艺馆见面。

我见过若樨，那时她刚上高中，一个清瘦的女孩。现在，她大学毕业了，在一家电脑公司工作。虽说女大十八变，但我想，认出她该不成问题。我给她的外形打了提前量，无非是高了、丰满了，大模样总是不改的。

当我见到若樨之后，几分钟之内，用了大气力保持自己面部肌肉的稳定，令它们不要因为惊奇而显出受了惊吓的惨相。其实，若樨的五官并没有大的变化，身高也不见拔起，或许因为减肥，比以前还要单薄。吓到我的是她的头发，浮层是樱粉色的，其下是姜黄色的，被剪子残酷地切削得短而碎，从天灵盖中央纷披下来，像一种奇怪的植被，遮住眼帘和耳朵，以至我在很长一段时间内觉得自己是在与一只鸡毛掸子对话。

落座。点了茶，谢绝了茶小姐对茶具和茶道的殷勤演示。正值午后，茶馆里人影稀疏，暗香浮动。

我说，这里环境挺好的，适宜说悄悄话。

她笑了，是骨子里很单纯的表面却要显得很沧桑的那种笑。她说，到酒吧去更合适。茶馆，只适合遗老遗少们灌肠子。

我说，酒吧，可惜吵了点。下次吧。

若樨说，毕阿姨，您见了我这副样子，咱们还有下次吗？您为什么不对我的头发发表意见？您明明很在意，却要装出毫不在意的样子。我最讨厌大人们的虚伪。

我看着若樨，知道了朋友为何急如星火。像若樨这样的青年，正是充满愤怒的年纪。野草似的怨恨，壅塞着他们的肺腑，反叛的锋从喉管探出，句句口吐荆棘。

我笑笑说，若樨，你太着急了。我马上就要说到你的头发，可惜你还没给我时间。这里的环境明明很雅致，人之常情夸句，你就偏要逆着说它不好。我回应说，那么下次我们到酒吧去，你又一口咬定没有下次了。你尚不曾给我机会发表意见，却指责我虚伪，你不觉得这顶帽子重了些吗？若樨，有一点我不明白，恳请你告知，我不晓得是你想和我谈话，还是你妈要你和我谈话？

若樨的锐气收敛了少许，说，这有什么不同吗？反正您得拿出时间，反正我得见您，反正我们已经坐进了这家茶馆。

我说，有关系。关系大了。你很忙，我没有你忙，可也不是个闲人。如果你不愿谈话，那我们马上就离开这里。

若樨挥手说，别！别！毕阿姨。是我想和您谈，央告了妈妈请您。可我怕您指责我，所以，我就先下手为强了。

我说，我不怪你。人有的时候会这样的。我猜，你的父母在家里同你谈话的时候，经常是以指责来当开场白的。所以，当你不知如何开始谈话的时候，你父母和你的谈话模式就跳出来，强烈地影响着你的决定，你不由自主地模仿他们。在你，甚至以为这是一种最好的开头办法，是特别的亲热和信任呢！

若樨一下子活跃起来，说，毕阿姨，您真说到我心里去了。其实，您这么快地和我约了时间聊天，我可高兴了。可我不知和您说什么好，我怕您看不起我。我想您要是不喜欢我，我干吗自讨其辱呢？索性，拉倒！我想尽量装得老练一些，这样，咱们才能比较平等了。

我说，若樨，你真有趣。你想要平等，却从指责别人入手，这就不仅事倍功半，简直是南辕北辙了。

若樨说，我知道了，下回我想要什么，就直截了当地去争取。毕阿姨，我现在想要异性的爱情，您说该怎么办呢？

我说，若樨啊，说你聪明，你是真聪明，一下子就悟到了点上。不过，你想要爱情，找毕阿姨谈可没用，得和一个你爱他、他也爱你的男子谈，才是正途。

若楔脸上的笑容风卷残云般地逝去了，一派茫然，说，这就是我找您的本意。我不知道他爱不爱我，我更不知道自己爱不爱他。

若楔说着，从皮夹子里拿出一张折叠得整整齐齐的纸，递给我。

我原以为是一个男子的照片，不想打开一看，是淡蓝色的笺纸，少男少女常用的那种，有奇怪的气息散出。字是虾红色的，好像用毛笔写的，笔锋很涩。

这是一封给你的情书。我看了，合适吗？读了开头火辣辣的称呼之后，我用手拂着笺纸说。

我要同您商量的就是这封情书。它是用血写成的。

我悚然惊了一下，手下的那些字，变得灼热而凸起，仿佛是用烧红的铁丝弯成的。我屏气仔细看下去……

情书文采斐然，述说自己不幸的童年。从文中可以看出，他是若楔同校不同系的学友，在某个时间遇到了若楔，感到这是天大的缘分。但他长久地不敢表露，怕自己配不上若楔，惨遭拒绝。毕业后他有了一份尊贵的工作，想来可以给若楔以安宁和体面，他们就熟识了。在若即若离的一段交往之后，他发现若楔在迟疑。他很不安，为了向若楔求婚，他特以血为墨，发誓一生珍爱这份姻缘。

"人的地位是可以变的，所以，我不以地位向你求婚。人的财富是可以变的，所以我也不以财富向你求婚。人的容貌也是可以变的，所以我也不以外表向你求婚。唯有人的血液是不变的，不变的红，不变的烫，自从我出生，它就灌溉着我，这血里有我的尊严和勇气。所以，我以我血写下我的婚约。如果你不答应，你会看到更多的血涌出……如果你拒绝，我的血就在那一瞬间永远凝结……"

我恍然，刚才那股奇特的味道原来是笺上的香气混合了血的血腥气。

你现在感觉如何？我问若檏，并将虾红色的情书依旧叠好，将那颗骚动的男人之心暂时地囚禁在薄薄的纸中。

我很害怕……我对这个人摸不着头脑，忽冷忽热的……可心里又很有几分感动。血写的情书，不是每个女孩子都有这份幸运得到的。看到一个很英俊的男孩肯为你流出鲜血，心里还是蛮受用的。我把这份血书给好几个女朋友看了，她们都很羡慕我的。毕竟，这个年头，愿意以血求婚的男人，太少了。

若檏说着，腮上出现了轻浅的红润。看来，她很有些动心了。

我沉吟了半晌，然后字斟句酌地说，若檏，感谢你信任我，把这么私密的事告诉我。我想知道你看到血书后的第一个感觉。

若檏说……是……恐惧……

我问，你怕的是什么？

若檏说，我怕的是一个男人动不动就把自己的血喷溅出来，将来过日子，谁知会发生什么事！

我说，若檏，你想得长远，这很好。婚姻不是一朝一夕的事情。每个女孩子披上嫁衣的时候，一定期冀和新郎白头偕老。为了离婚而结婚的女人，不是没有，但那是阴谋，另当别论。若榭，除了害怕，当你面对另一个人的鲜血的时候，还有什么情绪?

若榭沉入当时的情景当中，我看她长长的睫毛在急速地颤动，那是心旌动荡的标志。

我感到一种逼迫、一种不安全。我无法平静，觉得他以自己的血要挟我……我想逃走……若榭喃喃地说。

我看着若榭，知道她在痛苦的思索和抉择当中。毕竟，那个男孩迫切地需要得到若榭的爱，我一点都不怀疑他的渴望。但是，爱情绝不是单一的狙击，爱是一种温润恒远。他用伤害自己的身体企图达到自己的目的，如果一朝得逞，我想他绝不会就此罢手。人，或者说高级的动物，是会形成条件反射的。当一个人知道用自残的方式可以胁迫他人按照自己的意志行事的时候，他会受到鼓励。

很多人以为，一个人的缺点，会在他或她结婚之后自动消失。我觉得如果不说这是自欺欺人，也是一厢情愿。依我的经验，所有的缺陷，都会在婚姻之后变本加厉地发作。婚姻是一面放大镜，既会放大我们的优点，也会毫不留情地放大我们的缺点。因为婚姻是那样的赤裸和无所顾忌，所有的遮挡和礼貌，都会在长久的厮磨中褪色，露出天性粗糙的本色。

……也许，我可以帮助他……若榭悄声地说，声音很不确定，如同冷秋的蝉鸣。

我说，当然，可以。不过，你可有这份力量? 他在操纵你，你可有反操纵的信心？我们不妨设想得极端一些，假如你们终成眷属，有一天，你受不了，想结束这段婚姻。他不再以血相逼，升级了，干脆说，如果你要离开我，我就把一只胳膊卸下来，或者自戕……到那时，你又该如何应对呢？如果你说，你有足够的准备承接危局，我以为你可以前行。如若不是——

若榉打断了我的话，说，毕阿姨，您不要再说下去了。我外表虽然反叛，但内心里是柔弱的。我没有办法改变他，和他在一起的时候，我很不安全。我不知道在下一分钟他会怎样，我是他手中的玩偶。

那天我们又谈了很久，直到沏出的茶如同白水。分手的时候，若榉说，您还没有评说我的头发。

我抚摸着她的头，在樱粉色和姜黄色的底部，发根已长出乌黑的新发。我说，你的发质很好，我喜欢所有本色的东西。如果你觉得这种五花八门的颜色好，自然也无妨。这是你的自由。

若榉说，这种头发可以显示我的个性和自由。

我说，头发就是头发，它们不负责承担思想。真正的个性和自由，是头发里面的大脑的事，你能够把神经染上颜色吗？

和自己的血液分离

其实，天堂和地狱的距离，并不像人们想象的那样大，它一点也不遥远，都在女人的心中。一个人就可以让你上天堂，一个人也可以让你下地狱。

看了这句话，很多人就会想到是别人让自己上了天堂或是下了地狱，其实，我指的这个人就是你自己。

很多女人常常觉得是某　个男人让自己幸福或是不幸。表面上看起来，有的时候的确是这样的。同学聚会，你能看到某个女子简直是泡在蜜罐里的杏干，浑身都散发出蜂蜜的香气。可下一次，斗转星移，该女子就成了猪苦胆腌出来的黄连，凄苦得如同败絮。究其原因，都是因为一个男人的爱与不爱。当你依靠别人的力量登上天堂的时候，就要想到会有风驰电掣跌下的一天。所以，我看到依偎着的伴侣，就会生出担心。

你要上天堂，请自己登攀。

常常想，一个人的生存状态，就这样岌岌可危地取决于另外一个人吗？那个人是天堂和地狱间的吸管，能让你像液体一样在这狭小的管道中来回流动吗？是谁给了这根吸管如此大的活力？是谁把你变成了哭哭啼啼的液体……

感情纠葛中，痴情男女所问的"为什么"特别多，多到让人厌烦。发问者必将寻求答案。这是一句古老的喀麦隆谚语。类似的话，在民间智慧中，屡屡出现。

有一个姑娘面对恋人的分手，痛苦万分。在QQ上，恋人对她说，你是我血管中的血液，可我还是要和你分手。

女孩子对我说，他都说我是他的血液了，可见我是多么重要！我就想不通，一个人怎么能和自己的血液分离呢？那他不就立刻死了吗？！这说明他还是爱我的呀！

我说，不要相信那些理由，不要追问太多的为什么。有的时候，所有的理由都是借口。你需要接受的只是答案。

他说得很对，你是他的血液。可你知道，人流出几百毫升血液是不会死的。就是流出了更多的血液，只要能很快地输血，人也是不会死的。真正死亡的是那些流出身体内部的鲜血，它们会干涸，会丧失鲜红的颜色和蓬勃的生命力，成为紫褐色的血痂。

那个女孩子愣了半天，最后说，哦哦，我不再问为什么了。我从现在开始储备勇气，去迎接那个结果。

温暖的荆棘

这一天，咨询者迟到了。我坐在咨询室里，久久地等候着。通常，如果来访者迟到太久，我就会取消该次咨询。因为是否守时，是否遵守制度，是否懂得尊重别人，都是咨询师需要以行动向来访者传达的信息。试想一下，如果一个人在没有不可抗力的情况下对准备帮助自己的人都不能践约，你怎能期待他有良好的改变呢？再说，重诺守信也是现代社会的基本礼仪。因为等得太久，我半开玩笑地问负责安排时间的工作人员，这是一位怎样的来访者，为什么迟到得这样凶？

工作人员对我说，请您不要生气，千万再等等他们吧。我说，他们是谁，好像打动了你？为什么你的语气充满了柔情，要替他们说好话？我记得你平常基本上是铁面无私的，如果谁迟到超过15分钟，你都会很不客气。

工作人员笑着说，我平常是那么可怕吗？就算铁石心肠也会被那个小伙子感动。他们是一对来自外省的青年男女，失恋了，一定要请你为他们做咨询，央求的时候男孩嘴巴可甜了。现在他们坐在火车上正往北京赶呢。倾盆大雨阻挡了列车的速度，小伙子不停地打电话道歉。

我说，像失恋这样的问题，基本上不是一两次咨询就可以见到成效的。他们身在外地，难以坚持正规的疗程，不知道你和他们说过吗？

工作人员急忙说，我都讲了，那个男生叫柄南，说他们做好了准备，可以坚持每星期一次从外地赶来北京。

原来是这样。那就等吧。原本是下午的咨询，就这样移到了晚上。他们到达的时候，浑身淋得像落汤鸡一般，女孩子穿着露肚脐的淡蓝短衫和裤腿上满是尖锐破口的牛仔裤，十分前卫和时髦的装束，此刻被雨水粘在身上，像一个衣衫褴褛的丐帮弟子。她叫阿淑。

柄南也被淋湿，但因他穿的是很正规的蓝色西裤和白色长袖衬衣，虽湿但风度犹存。柄南希望咨询马上开始，这样完成之后，还能趁着天不算太黑去找旅店。

工作人员请他们填表。柄南很快填完，问，可以开始了吗？

我说，还要稍微等一下。有个小问题：吃饭了吗？

吃了。两个人异口同声地回答。

我又问，吃的是哪一顿饭呢？

他们回答说，中午饭。

我说，现在已经过了吃晚饭的时间。空着肚子做咨询，你们又刚刚经了这么大的风雨，怕支撑不了。这里有茶水、咖啡和小点心，先垫垫肚子再说。

两个人推辞了一下，可能还是冷和饿占了上风，就不客气地吃起来。点心有两种，一种有奶油夹心，另一种是素的。阿淑显然是爱吃富含奶油的食品，把前一种吃个不停。柄南只吃了一块奶油夹心饼之后就专吃素饼了。看得出，他是为了把奶油饼留给阿淑吃。其实点心的数量足够两个人吃的，他还是呵护有加。

等到两人吃饱喝足之后，我说，可以开始了。

柄南对阿淑说，你快去吧。

我说，不是你们一起咨询吗？

柄南说，是她有问题，她失恋了。我并没有问题，我没有失恋。

我说，你是她的什么人呢？

柄南没有正面回答我的问题，只是说，她是我的女朋友。

我说，难道失恋不是两个人的事吗？为什么她失恋了，你却没有失恋？

柄南说，你慢慢就会知道的。

我真叫这对年轻人闹糊涂了。好比有一对夫妻对你说他们离婚了，然后又说女的离婚了，男的并没有离婚……恨不能就地晕倒。

咨询室的门在我和阿淑的背后关闭了。在这之前，阿淑基本上是懒怠而木讷的，除了报出过自己的名字和吃了很多奶油饼外，她的嘴巴一直紧闭着。随着门扇的掩合，阿淑突然变得灵敏起来，她用山猫样的褐色眼珠迅速睃寻四周，好像一只小兽刚刚从月夜中醒来。在我面前坐定伸直她修长的双腿之后的第一句话是——您这间屋子的隔音性能怎么样？

我还是第一次碰到来访者问这样的问题，就很肯定地回答她，隔音效果很好。

阿淑还是不放心，追问道，就是说，咱们这里说什么话，外面绝对听不到？

我说，基本上是这样的，除非谁把耳朵贴在门上。但这大体是行不通的，工作人员不会允许。

阿淑长出了一口气，说，这样我比较放心。

我说，你千里迢迢地赶了来，有什么为难之事呢？

阿淑说，我失恋了，很想走出困境。

我说，可是看起来你和柄南的关系还挺密切啊。

阿淑说，我并不是和他失恋了，是和别人。那个男生甩了我，对此我痛不欲生。柄南是我以前的男友，我们早已不来往好几年了。现在听说我失恋了，就又来帮我。陪着我游山玩水，看进口大片，吃美国冰淇淋，您知道这在外省的小地方是很感动人的。包括到北京来见您，都是他的主意……阿淑说话的时候不时地看看门的方向，好像怕柄南突然把门推开。

我说，阿淑，谢谢你对我的信任，让我对你们的关系比较清楚一点了。那么，我还想更明确地听你说一说，你现在最感困惑的是什么呢?

阿淑说,天下没有免费的午餐,当然也没有免费的人陪着你走过失恋。现在的问题是,我要甩开柄南。

说到最后这一句话的时候,阿淑把声音压得很低,凑到我的耳朵前,仿佛我们是秘密接头的敌后武工队员。

我在心底忍不住笑了——在自己的咨询室里,我还从来没有过这样鬼鬼祟祟的样子呢。面容上当然是克制的,来访者正在焦虑之中,我怎能露出笑意? 我说,看来你很怕柄南听到这些话?

阿淑说,那是当然了。他一直以为我会浪子回头和他重修旧好,其实,这是根本不可能的。谢谢他,我已经从旧日的伤痕中修复了,可以去争取新的爱情了,但这份爱情和柄南无关。我到您这来,就是想请您帮我告诉他,我并不爱他。我是失恋了,但这并不等于他盼来了机会。我会有新的男朋友,但绝不会是他。

我看她去意坚决,就说,你已经想得很清楚了?

阿淑说,是的,很清楚了,就像白天和黑夜的分割那样清楚。

我说,这个比方打得很好,让我明白了你的选择。但是,我还有一点很疑惑,你既然想得这样清楚,为什么不能说得同样清楚呢? 你为什么不自己对柄南大声说分手? 你们朝夕相处,肯定不止有1000次讲这话的机会。为什么一定要千里迢迢地跑到北京,求我来说呢?

阿淑把菱角一样好看的嘴巴撇成一个外八字,说,您怎么连这都不明白? 我不是怕伤害他嘛!

我说，你很清楚你不承认是柄南的女朋友就伤害了他?

阿淑说，几年前，我第一次离开他时，他几乎吞药自杀，好不容易才缓过神来。这一次，真要出了人命关天的事，我就太不安了。

我说，阿淑，看来你内心深处还是一个善良的女孩。只是，当你深陷在失恋的痛苦的时候，你明知自己无法成为柄南的女友，还是要领受他的关爱和照料，因为你需要一根救命的稻草。现在，你浮出了旋涡，就想赶快走出这种暧昧的关系。只是，你不愿意看到这种悲怆的结局，你希望能有一个人代替你宣布这个残忍的结论，所以你找到了我……

阿淑说，您真是善解人意。现在，只有您能帮助我了。

我说，阿淑，真正能帮助你的人，只有你自己。虽然我非常感谢你的信任，但是，我不能代替你说这样的话，你只有自己说。当然了，这个"说"，就是泛指表达的意思。你可以选择具体的方式和时间，但没有人能够替代你。

阿淑沉默了半天，好像被这即将到来的情景震慑住了。她吞吞吐吐地说，就算我知道了这样做是对的，我还是不敢。

我说，阿淑，咱们换一个角度想这件事。如果柄南不愿意和你保持恋人的关系了，你会怎样?

阿淑说，这是不可能的。

我说，世上万事皆有可能。我们现在就来设想一下吧。

阿淑思忖了半天，说，如果柄南不愿意和我交朋友了，我希望他能当面亲口告诉我这件事。

我说，对啊。己所不欲，勿施于人。如果柄南找到一个第三者，托他来转达，你以为如何呢？

阿淑咬牙切齿地说，那我会把第三者推开，大叫着好汉做事好汉当，千方百计找到柄南，揪住他的衣领，要他当面锣对面鼓地给我一个说法、一个解释、一个理由、一个结论！

我说，谢谢你的坦诚，答案出来了。失恋这件事，对于曾经真心投入的男女来说，的确非常痛苦。但再痛苦的事件，我们都要有勇气来面对，因为这就是真实而丰富多彩的人生的本来面目。困境时刻，恋情可以不再，但真诚依旧有效。对于你刚才所说的四个"一"，我基本上是同意一半，保留一半。

阿淑很好奇，说，哪一半同意呢？

我说，我同意你所说的——对失恋要有一个结论、一个说法。因为"失恋"这个词，你想想就会明白，它其中包含了个"失"字，本质就是一种丧失，有物质更有精神的一去不复返，有生理更有心理的分道扬镳。对于生命中重要事件的沉没，你需要把它结尾。就像赛完了一项马拉松或是吃完了一顿宴席，你要掐停行进中的秒表，你要收拾残羹剩饭，刷锅洗碗。你不能无限制地孤独地跑下去，那样会把你累死。你也不能面对着曲终人散的空桌子发呆，那渐渐腐败的气味会像停尸间把人熏倒……

阿淑说，这一半我明白了，另一半呢？

我说，我持保留意见的那一半，是你说在失恋分手的时候要有一个解释、一个理由。

阿淑说，我刚才还说少了，一个解释、一个理由哪里够用？

最少要有十个解释、十个理由！轰轰烈烈的一场生死相依，到头来悄无声息地烟消云散了，还不许问为什么，真想不通！郁闷啊郁闷！

我说，我的意思不是瞒天过海什么都不说，不是让大家如堕五里雾中，死也是个糊涂鬼。人心是好奇的，人们都愿意寻根问底，踏破铁鞋地寻找真谛。这在自然科学方面是个优良习惯，值得发扬光大，但在情感问题上，盘根问底要适可而止。失恋分手已成定局，理由和解释就不再重要。无论是性格不合还是家长阻挠，无论是两地分居还是第三者插足，其实在真正的爱情面前，都不堪一击。没有任何理由能粉碎真正的伴侣，只有心灵的离散才是所有症结的所在。理由在这里不再重要，重要的是你要接受现实。

阿淑点点头说，我明白您的意思了。我应该有勇气面对自己的失恋，我不能靠着柄南的体温来暖和自己。况且，这体温也不是白给的，他需要我用体温去回报。温暖就变成了荆棘。

我说，谢谢你这样深入地剖析了自己，勇气可嘉。特别是"体温"这个词，让我也百感交集。本来你们重新聚在一起，是为了帮你渡过难关，现在，一个新的难关又摆在你们面前了。

阿淑身上的湿衣已经被她年轻的肌体烤干了，显出亮丽的色彩。她说，是啊，我很感谢柄南伸出手来，虽然这个援助并不是无偿的。现在，我要勇敢地面对这件事了，逃避只会让局面更复杂。

我说，好啊，祝贺你迈出了第一步。天色已经不早了，你们奔波了一天，也须安歇。今天就到这里吧，下个星期咱们再见。

阿淑说，临走之前，我要向您交一个功课。

这回轮到我摸不着头脑，我说，并不曾留下什么功课啊？

阿淑拿起那张登记表，说，这都是柄南代我填的，好像我是一个连小学二年级都没毕业的睁眼瞎，或是已经丧失了文字上的自理能力的废人。他大包大揽，我看着好笑，也替他累得慌。可是，我不想自己动手。我要做出小鸟依人的样子，让柄南觉得自己是强大的，让他感觉我们的事情还有希望。现在，我知道在这个问题上，我利用了柄南，自己又不敢面对，就装聋作哑得过且过。现在，我自己来填写这张表，我不需要您代替我对他说什么了，也不需要他代替我填写什么了。

我真是由衷地为阿淑高兴，她的脚步比我最乐观的估量还要超前。

看着他们的身影隐没在窗外的黑暗中，我不知道他们还会并肩走多远，也不知道他们的道路还有多长，但我想他们会有一个担当和面对。工作人员对我说，你倒是记着让来访者吃点心当晚饭，可是你自己到现在什么也没吃啊。

我说，工作之前不会觉得饿，工作之中根本不会想到饿。现在工作已经告一段落，饿和不饿也不重要了。

眼药瓶的奥秘

渠枫来见我的时候，披头散发，衣帽邋遢。对一个容颜娟秀的女孩子来说，糟蹋自己到了这种地步，可见她遇到了重大的困厄，心灰意懒，已经抛弃自爱，不再珍重。

她一屁股坐下来，从内兜深处掏出一件东西，握在手心，对我说，都是它把我毁了！

我以为那会是一枚珠宝首饰或是一个信物，要么干脆是一封绝交信，没想到在渠枫苍白的缓缓展开的手掌心里的是一只普通的塑料的小眼药瓶。到街上的药店，一块钱可以买回三只。

我细细地观察着这只药瓶。奇怪它有何魔力，竟能把一个青春年华的女大学生折磨得如此憔悴萎靡？

药瓶基本上是空的，它的底部，有一些暗红色的渣滓沉淀着，好像是油漆的碎片。瓶颈部的封堵已被剪开。之所以特别提到了这一点，是因为它被剪开的位置反常地偏下。一般人怕药水大量滴出，瓶尖部的口通常开得很细小。但这只眼药瓶，几乎是从瓶肩部被截断了，瓶颈缩得短短，仅够套上瓶帽。

我看着渠枫。渠枫也看着我。很久很久，沉默如同黑色的幕布，遮挡着我们。

终于，渠枫说，你为什么不问我？

我说，我在等你。

渠枫说，等我什么？

我说，你来找我，就是信任我。我等着你把你想要对我说的话说出来。

渠枫又继续沉默。当我几乎不寄希望的时候，她突然说，好吧，我就把一切都告诉你。

我爱上了申拜，一个并不高大但是很有内涵的男生。有同学说，依你的条件，可以找一个比申拜外形更酷的男孩，申拜矮了些，要知道，身高就是男人的性感表现哦！我说，我看重的是申拜的内在。注重男子的身高，是农耕社会和游牧民族的习气了，机械欠发达的时候，男人的力气就是他的资本，比如扛麻包、挑担子什么的，当然是大个子占便宜。如今到了电子时代，经营决策，敲击电脑，都和身高无关。一个男人能不能给女人幸福，不在身高，在于内里的质量。

朋友被我驳得两眼如同死鱼，十张着嘴，无话可说。申拜知道了我的观点，对我更是呵护有加，体贴入微。他说，我是他交

的第一个女朋友，我说，你也是我的……我们的感情很快进展到
如胶似漆。一天，我约他到我家玩，父母正好同到外地出差。夜
深了，他抱着我说，他忍不住了，想彻底全面地得到我。我急忙
推开他的手，说，不……不能……

我看他退开，情绪很伤感，觉得我对他不信任，就急忙安慰
他说，不是我不愿意，是我还没做好这个准备。下次吧，好吗？

他很尊重我，就让自己渐渐地平息下去，那一天，我们好说
好散了。

没想到他期待中的下次，竟那么快，就是第二天。也许是怕
我父母很快就会回来，我们就不容易找到如此安全无干扰的地方
了。又是我的小屋，又是子夜时分，我们聊着，却都有些心不在
焉，在期待着什么，畏惧着什么，迎接着，又想躲避……

他突然拥着我说，今天，你准备好了吗？

我战战兢兢地回答，准备好了。

我把灯熄灭了。在黑暗中，我们脱掉所有衣服，把彼此还原
成伊甸园中的模样。我躺在自己的小床上，看着窗外，觉得自己
的床如此陌生，我就要在这张床上变成申拜的新娘。我看到申拜
被月光镀成青铜色的躯体，知道一个关键的时刻即将来。

申拜的激情越来越蓬勃，我在昏眩中等待。就在箭即将离
弦的时候，他突然抬起身体，说，渠枫，你说得对，我们还没
有做好准备。既然我们要爱到地老天荒，为什么不能再等几个
朝朝暮暮？我保存和尊重你的领土完整，直到婚礼之夜……

我拼命搂住他的身体，不让他离开我，声嘶力竭地叫道：

不！申拜，你不能这样！不能！我要你！

但是，没用。申拜是一个自制力非常顽强的人，他一旦决定了，谁也无法更改。于是我绝望地看着他起身，拧亮电灯……于是，在明亮如昼的灯光之下，他看到了——在我的雪白的床单之上，有一片鲜红的血迹……

这是什么？他大吃一惊。

刚才，床单上还是什么都没有的啊……我干了什么？我什么都没干啊……

申拜惊愕地捶着自己的胸膛，我知道，在他的胸膛里，一颗纯洁的心正在粉碎。

他疯了似的抓住我，歇斯底里地喊道，这是你干的，是你！是不是？

我泪水凄迷地点了点头。这屋子里没有别人，不是我干的，又是谁干的？！

这就是你所说的要做的准备，对不对？你想伪装成一个处女，你作案的工具在哪里？在哪里？！申拜的目光喷吐着蔑视的火焰，嘴唇哆嗦。

我不说。我什么也不说，默默地穿上我的衣服。我看着申拜，如同路人。刚才，我们还在肌肤相亲啊。

申拜在我的房屋里疯狂地寻找。很快，他就在我的床下找到了这只眼药瓶，里面还有几滴残存的血液。

申拜说，你是处女吗？

我说，我不是处女了。

申拜说，那个人是谁?

我说，是我以前谈过的一个男朋友。我不知道男人为什么要用性这种东西让女人来证明自己的爱。我那时还小，我不知道说"No"。当我发现他不可信任的时候，我就离开了他。

申拜捏着这个眼药瓶说，这里面是你的血吗?

我哭了，说，不是。我没有办法把自己的血装进这个小瓶里。如果做得到，我愿用百倍千倍的血来证明我的爱。

申拜毫不为之所动，冷冷地追问，那这是谁的血?

我说，不是谁，是一只鸡。那只鸡是我杀的，它的尸体在垃圾桶里。

申拜说，想不到，你设计得这样周密啊!

我放声痛哭道，我不愿失去你! 我知道你在意! 我没办法，才想出这个主意。我本来想用现成的猪血豆腐，但那是凝固的，根本就不能流淌了。我后来到了菜场，我想跟人要点鳝鱼血，就说是为了治病，可我还是没法子把它装进小瓶里。后来，我买了一只活鸡。菜贩子说，小姑娘，我替你杀了吧，不多收钱。我说，不，我自己杀!

我从来没有杀过任何活物，包括一只螳螂或是蝴蝶。可是，为了我的爱情，一回到家，我挥刀就把鸡头斩了下来。鸡血飙射一地，好像谋杀案的现场。我往一只碗里注了冷水，再加了点白醋，然后把鸡血倒进去，拼命搅动。我从书上查到，这样血液就不会凝固了。然后我到街上买了几只眼药水瓶。先是开口剪得太小，血好不容易吸进去但又挤不出来，总之很不顺畅。

我想熄灯后，留给我操作的时间不会太长，我得速战速决。后来我又把药瓶口子剪得太大了，瓶帽盖不住。费了半天劲儿才弄得合适了，血吸进去后，一滴不漏。需要的时候，可以很快喷涌而出。一切都计算好了，只是没想到……

申拜双臂交叉，紧紧地抱住自己的肩膀，好像在狂风暴雨中。他冷笑道，你没想到什么？

我说，没想到你有如此坚强的毅力，没想到你那样地珍爱我……

申拜说，珍爱？只可惜，那是以前了。你伤害了我，什么都不存在了。保存好你的秘密武器吧！

他说着，把这只眼药瓶扔到我床上，扬长而去。

从那以后，我无论打给他多少电话，他一概不接。我堵着他，好不容易见到他了，他也没一个眼神……我太痛苦了，生命已没有价值……渠枫拼命撕扯着自己的头发，没有一点痛觉的模样，好像那是一堆破渔网。

我看着愁云惨淡的渠枫，再看看那只眼药瓶。药瓶如同一个杀了人的子弹壳，丑陋而污秽。

我说，渠枫，你很后悔，你想挽回，你不知从何做起，对不对？

渠枫说，是啊，是啊。快教我怎么办。

我说，你先告诉我，你最伤了申拜心的是什么？

渠枫说，他嫌我不再是处女。

我说，如果真是这个原因，此事已无可挽回。即便你做了修补手术，不似这次露馅，但他已心冷如铁，你无法修补他的记忆。

渠枫想想，又说，他嫌我欺骗他。

我说，一个不诚实的人，确实人见人怕。你怎样才能让申拜认为你从此痛改前非，开始真诚？

渠枫说，我找到他，把我的苦心和忏悔告知他。如果他能原谅我，我就和他重新开始。如果他不能原谅我，我也只好认命了。但是，以后，我若再交了男朋友，该如何解释自己不是处女？

我说，交友的双方，都可以保留自己的隐私，这无可厚非。只是你机关算尽，导演了一场闹剧，你企图伪造一个现实，这就是欺骗了。恋人之间，谎言注定会杀伤幸福。渠枫，你已经付出了两次惨痛的代价，但是你还没有得到代价之后的思索。真正的爱情必定是真诚基础上的建筑。

校门口的红跑车

女人对自己的感情经历，大体上可分为三种。一种是讲，逢人就讲，对熟悉她和不很熟悉她的人，甚至车船旅途中的萍客，都可倾诉。一种是不讲，埋得深深，不少人把它像一种致命的病菌一样，带进坟墓。第三种是通常不讲，但在某一特别的场合和时间下，会对人讲。那种时刻，如果我恰巧成为听众的话，常常生出感动。因为我知道，此时一定有什么特别的情形痛切地触动了她的内心。我也要感激她对我的信任和这一份特别的缘分。

那一夜，月亮非常亮，据说是六十三年以来月亮最亮的一个晚上，女孩对我说。

我是师范院校的学生。读师范的女生，基本上都是家境贫寒的，长相通常也不是很好。这样说，我的女同学们可能会不服气，但我说的是实话，包括我自己，相貌平平。大约读大二的时候，我们就可以做家教了。其实那时，我们和普通大学生所上的课并没有大的区别，还没学到教学教法什么的，也不一定就能当好如今独生子女的小先生。师范院校的牌子挺能唬人的，再说我们也特需要钱来补贴。所以，同学们就自己组织起家教"一条龙"服务，每天派出代表，在大街上支个桌子，上书"家教"两字，等着上门求助的家长，接了活儿后再分给大家。谁领到了活儿，会从自己的收入当中抽一部分给守株待兔的同学——我们称他们为"教提"。

有一天，教提对我说，给你分一个大款的女儿，你教不教？我说，钱多不多？他说，官价。我说，你还不跟大款讲讲价？他苦笑着说，讲了，不成。人家门儿清。我说，好吧，官价就官价。他说，明天下午四点，范先生驾车到大门接你。

第二天，我提前五分钟到了学校门口。没人。我正好把自己的服装最后检视一遍。牛仔裤，白T恤——挺得体的，既朴素又充满了活力，而且这是我最好的衣服了。

四点整，一辆我叫不出来名字的红跑车飞驰而来，停在我面前，一位潇洒的中年男人含笑问道，您是黎小姐吗？

我姓李，他讲话有口音，我也就不计较了，点点头。我说，您是范先生吗？他说，正是。咱们接上头了，快请上车吧，我女儿正在家等你呢。

我上了车，坐在他身边，车风驰电掣地跑起来。我从来没有坐过如此豪华的车，那感觉真是好极了。他的技术非常娴熟，身上散发着清爽的烟草和皮革混合的气味，好像是猎人加渔夫。总之，很男人。

他一边开车一边说，女儿的英语基础不是很好，尤其是胆小，不敢会话，口语的声音弱极了，希望我不要在意。我的目光注视着窗外飞速闪动的街景，不停地点头……心想，同样的建筑，你挤在公共汽车上看和坐在这样高贵的车里看，感受竟有那么大的差别啊。

很快到了一片"高尚"住宅区（我对这个词挺不以为然的，住宅也不是品质，凭什么分高尚和卑下呢？）。在一栋欧式小楼面前停下，他为我打开车门时说，我的女儿英语考试成绩每提高一分，我就奖给你100块钱。

我充满迷茫地问他，你女儿的英语成绩和我有何相干呢？我是来教历史的。

那一瞬，我们大眼瞪小眼，然后异口同声地说：对不起，错了。他赶紧带上我，驱车重回校门口，接上那位教英语的黎同学回家，而我找到已经等得很不耐烦的范先生。

说实话，那天我对范先生的女儿很是心不在焉。这位范先生虽说也是殷实人家，但哪能与那一位范先生相比呢？我心里称那位先入为主的为——范一先生。

晚上，我失眠了。范一先生的味道，总在我的鼻孔里萦绕。我想，住在那栋小楼里的女人该是怎样的福气呢？不过，想来素质也不是怎样的好吧？不然，她的女儿为什么那么胆小？要是我有这样的先生和家业，会多么幸福啊……

想归想。这年纪的女生，谁没有一肚子的幻想呢？天一亮，我就恢复正常了，谁叫咱是灰姑娘呢！下午四点之前，我又到了校门口，范二先生说好了再来接我。可能是因为头天迟到的缘故，我到得格外早。

走近校门，我的心咚咚跳起来——又看到了那辆非凡的红色跑车。我悄悄站在一旁，因为它和我没关系。他是来接英语系的黎同学的，这很好理解。

没想到，那辆红跑车如水鸟一样无声地滑到了我面前。范一先生温柔地笑着说，李小姐，你好。

我说，您到得很早啊。

范一说，昨天我正点到时，你已经到了。所以我想你今天还会到得早，果然不错。我喜欢守时的人，咱们走吧。

他说着，打开了车门。

我说，范先生，昨天错了。

他笑笑说，昨天错了，今天就不能再错。我已将黎同学炒了，重新雇用你。

我很吃惊，说，你怎么会知道今天我们能见面？

他说，不要这么惊奇。你惊奇的样子，可爱极了。对于一个商人来说，这点信息有什么难呢？历史系，一个姓氏和"黎"近似的有着魔鬼身材的女生，现正做着家教……就这样啊。

我扶着车门说，我不是英语系的。

他说，你的大学只要是考上的，就可以教我女儿英语……上车吧，我女儿已经在等了。

在车上，所有昨天的感觉都复活了。正当我沉浸在速度的快感之中时，范一先生打断了我的美好感受。他说，看来你对自己太不在意了。

我说，此话怎么讲？

他说，你穿着和昨天一模一样的衣服。有你这样魔鬼身材的女孩，应该善待自己才是。

我说，一个穷学生是无法善待自己的。

他说，我也当过穷学生，你的处境我能体会。但是，别忘了，你有资源啊。

我说，我有什么资源啊？芸芸众生而已。

他说，你的身材非常好，我昨天一眼就被吸引了。一个人，长相好，其实相对来讲比较容易。一张脸，才有多大的面积？对比匀称不算难。就是有些小的瑕疵，比如眼睛不够大，鼻梁不够挺直，做做整容也不难，巴掌大的地方，就那么几组零件，好安排。可一个人的身材，包括全身所有的结构，头颅过大过小都不成，脖子不长不行，脊柱要挺拔，胸腰的比例要适宜，腿更是重中之重，要是短了，纵使闭月羞花也白搭……你呢，刚刚好，所有的搭配都天造地设，你要懂得珍惜啊。而且我提醒你，女性的身材，是很脆弱的结构。上了年纪，就不一样了。锻炼出来的、节食出来的，和天然的是不一样的……好了，我们到了。

又是那座小洋楼，但我无心观赏它的精致了。我的心被范一先生的逻辑催动，变得不安分了。这就像一个穷人，守着自己的几亩薄田苦熬。有一天，突然有人对你说，你田里长的那些草都是人参啊。你还能心平气和吗？

不过，那天我还是抖擞起精神，辅导范一先生的女儿。我对女主人的羡慕和嫉妒都不存在了。这是一个没有女主人的家庭，因此那女孩十分孤独内向。她的英语其实不是很差，只是因为不敢说，成绩才糟。

范一先生对我很满意，约定以后天天接我来做家教。我说，都是这辆车吗？

他说，你很在意这辆车吗？

我说，不是在意，是因为它美丽。

他说，我能理解。美丽的东西，人们都想和它在一起。好吧，即使我不能来，我也会派我的司机开着这辆车来。

我和范一先生的女儿交了朋友，她的胆子渐渐大起来。嘴一敢张开，成绩就突飞猛进。

校门口每天准时出现的红色跑车，让我大出风头。有时候下午有课，我就编谎话请假，总之从未误了范一那边。期末，那女孩的英语成绩提高了25分，范一递给了我2500块钱。

我就接过来了，心安理得。

后来，他开始给我买衣服。我不要。他说，我是不忍暴殄天物啊。我就收了……直到有一天，他很神秘地拿出一个纸袋，说是托人特地从国外带回来的时装，送给我。那套衣服漂亮得让人心酸，让人觉得自己以前穿过的都是垃圾。

你能今天在我家就把这套衣服穿起来，让我看看吗？你知道，我也很爱美丽的东西啊。范一说。

我本不想答应，但我怕范一不高兴。工钱和奖金，都是我必需的，还有这套华贵的衣服。

我把卫生间里面门上的小疙瘩按死，开始换衣服。正当我把旧衣服脱下，新衣服还没上身的时候，门无声无息地开了。

我想看看自己的眼光，对你的三围的估计准不准，范一说。

我呼救反抗……偌大的房间里，只有我们两人，女孩到同学家去了。暴行之后，范一扔下一笔钱，说，我是很公平的。你们做家教，是按小时收钱，明码标价。我也是。你的每一公分胸围，我付一笔钱。你的腰围比臀围每少一公分，我付一笔钱。我可以告诉你，我从来没有给过任何一个小姐这么多钱。你真是魔鬼身材啊。

我很想到公安局告他，可我怕舆论。每天招摇的红跑车，让我气馁。我也很想把钱扔到他脸上，然后扬长而去。那是电影里常常出现的镜头，但是，我做不到。我缺钱。我已经付出了高昂的代价，我要为自己保存一点物质补偿。

我想，一个人是不是记得住那些惨痛的教训，不在于片刻的决绝，更在于深刻的反省吧。

我再也没有见过范一。有时候，在镜子面前欣赏自己优美的身材的时候，我会想起范一的话。我承认这是一种资源，但是，所有的资源，都需要保护。越是美好的资源，越要珍惜。女人，最该捍卫的，不就是我们的尊严吗？！

在明月的照耀下，我看到她脸上的清泪。

男女眼中的玫瑰花

通常有恋爱中的男生说，不明白为什么女朋友为了一句话或是一件小事，就吵吵嚷嚷地要分手，或是采取冷战策略，来个不理不睬。

有一次，我在心理诊所接待了一个因为失恋而抓耳挠腮的青年男子，名叫小耕。小耕开门见山地说，我到您这里来，不是为了解决自己的心理问题，只是想请教一下，我采取什么方法才能让女生回心转意。或者说，我不想和您说我自己心里想的是什么，因为我是怎么想的并不重要，重要的是她心里想的是什么。如果您也不知道，您就要帮我猜一猜，她的心思到底是什么。

我看小耕气急败坏、语无伦次的样子，说，她是谁？

小耕说，咱们就叫她乔玉吧。

　　我说，小耕，你先不要急，把情况慢慢说清楚。

　　小耕和乔玉是一对恋人。在情人节前很久，小耕就答应那一天会给乔玉一个惊喜。乔玉向往地说，你会给我九十九朵玫瑰吗？送到我们公司来，让我也享受一次众人瞩目的光彩！还没等到小耕回答，乔玉又改变主意了，说，算了，我不要那么多了。九十九朵玫瑰太奢华了，只要九朵就好了，不过，一定要包装得特别漂亮啊！小耕满口答应，他虽然出身农村，但现在是一家很大的公司的主管，收入相当不错。

　　小耕工作很忙，之前没有预订玫瑰。到了2月14日那天，没想到玫瑰花价格疯涨。小耕觉得不值，就没有买。到了傍晚，花房快打烊的时候他才去买的。他心想反正也是烛光下的晚宴，花只要是红的，包在朦胧闪光的花纸中，看起来都是一样的。他们已经到了谈婚论嫁的节骨眼，他想把每一分钱都节省下来，花在刀刃上，何必被华而不实的花贩子宰呢！

　　焦急地等了一天的乔玉，终于等来了九朵打蔫的玫瑰花。她火眼金睛，一下就看出小耕买的是处理玫瑰。她还算顾大局，当着众人什么也没说。一出了众人的视线，乔玉立刻把花儿扔到了地上，大发脾气，踩着花瓣说自己望眼欲穿等来的却是这种货色。那么，在小耕眼中，自己肯定也是处理品，他们的爱情也是处理品，都不配享用上等的玫瑰。她说他这样吝啬，以后的日子肯定没法过了。

　　小耕无限委屈地说——我无论如何都想不通，那么多山盟海誓，就抵不过玫瑰有点枯萎的花瓣吗？！况且，一般人根本看不出来，她却要这样无限上纲上线。我也非常伤心，也很生气，心想罢了，像这样小心眼、爱计较的女生，不要了也罢！但这几天我思来想去，觉得她真是做妻子的最佳人选，很想挽回。我的初步打算是：找海南岛的一家五星级酒店，订下面朝大海的总统客房，让那边把房间钥匙先送过来。然后我在这边订下两张机票。当这些步骤都完成以后，我就用快递把房间钥匙和机票一起送到她的公司，以表达我对她的真情实意。您看怎么样呢？

这表面上是一个问句，但小耕渴望听到赞同回答的表情太明显了，眼巴巴地看着我。实在不忍心给他泼冷水，可正因为出于爱护，我才要讲实话。

我尽量把语速变慢，让他能有个思想准备。我说，请原谅我，我觉得你这个方案不怎么样。

他恼火起来，说，你们女人怎么和我们男人想的就是不一样！

我不计较他的态度，说，首先，一朵玫瑰花，在你的字典里代表着什么？

小耕想也没想就回答说，玫瑰就是玫瑰，一朵花而已。现在的小女生赋予了玫瑰那么多浪漫和想象，其实都是瞎掰。花就是花，无知无觉，开上一两天就谢了。什么九十九朵玫瑰代表爱情天长地久，全是商家编出来骗人的鬼话。谁上当谁是傻瓜！

我说，我能理解你对玫瑰花的定义。说实话，我很有些赞成你的意见呢。花就是花，很简单。

小耕得到了支持，情绪缓和下来，说，务实的人，都持这种看法。

我说，你的女朋友是怎样看待玫瑰花的？

他说，我知道，在这以前，乔玉说过很多次了。她说，玫瑰花代表着爱情的信物，一个女孩子，要是在谈恋爱的时候都没有得到过满捧满怀的芬芳玫瑰，就是枉做了一世女子。

我说，你不是说乔玉是做妻子的上好人选吗？如果她天天要你送玫瑰，我看也很靡费呢。

小耕听了老大不乐意，突然与我反目为仇，说，不允许你这样讲乔玉。她其实是很会过日子的女孩子，只不过要在恋爱的时候耍点情趣。

这结果，正中我意。我说，对啊。玫瑰花在你的字典里和在她的字典里，是完全不同的含义。玫瑰花盛开在不同的字典里。你觉得那只是一朵普通的花，她却把自己的理想和价值都寄托在里面了。

我说，女子喜爱花，其实历史悠久。远古时代，人们逐水草而居，靠天吃饭，生活很没有保障。如果在住所附近看到了花，就等于看到了希望。因为花谢了以后，就会有果实慢慢膨大起来，再等一些时候，就到了收获的时节。所以，在女人的记忆深处，对花的喜爱，是一种安全和务实的需要。只不过由于时过境迁，大家已经忘记这其中的传承，只记得看到花时那种单纯的欢喜。一般的花，如果美丽，就没有香味。如果有醉人的香气，花瓣就微小暗淡，两者都占全的很少。这也是来自植物的本能，它们要吸引昆虫，要借助风势，才能传播自己的花粉，繁殖后代。

通常只要一种手段就够了，花们也就懒得又美丽又芬芳。玫瑰是一个例外，它美艳馥郁，于是被人们挑选来做了爱情的使者。

人的生活中，需要偶尔的浪漫和奢侈，这也是生命因此有趣和值得眷恋的理由。我觉得，爱情中的人们有资格稍微浪费一点，因为这种时刻毕竟不多啊。

小耕想了想说，我明白了，原来她在玫瑰上寄托了自己的尊严，我买了处理的凋零玫瑰，她就觉得我刺伤了她的尊严。可是，我不是决定改正了吗？我订了豪华客房，表示我不是一个小气鬼。我用特快专递的钥匙和双人机票表示了歉意，用实际行动来响应她的浪漫主张，这不就挽回了吗？

我直截了当地回答他，此招恐怕不甚可行。理由是：乔玉觉得在玫瑰花上丧失的是尊严，已经表示和你绝交。现在还没有达成谅解，你就直接寄双人机票给她，这又一次说明你没有尊重她的选择。所以，别看你花了那么多钱，很可能适得其反呢！再有，你说她是个会过日子并不奢靡的女孩，你租了总统客房，以为能讨得她的欢心，这样她就会认为你断定她是个奢华虚荣的女子，我想她也不会乐意。所以，这很可能是一个事倍功半的馊主意。

听我这样一说，小耕有点急了，说这也不行，那也不成，我可怎么办呢？

我说，小耕，你不要着急。办法就在你手里，不妨再想想看。我就不相信，恋爱中的人还能想不出和解的法子？你一再说她是个通情达理的女孩，那么，这件事还是有希望的。

小耕想了半天，说，我要郑重地向她道歉，说我从今以后会非常尊重她的意见和想法。如果是我承诺的事，就一定做到。如果我有另外的建议，就一定当面向她提出，再不会先斩后奏、一意孤行。

我说，试试吧。预祝你好运气!

小耕走了。

其后的某一天，我收到了速递来的一袋喜糖，喜袋上用透明胶纸粘了一朵粉红色的玫瑰花。我想，这就是故事的结局了吧。

恋爱为什么无疾而终

我开诊所的时候，有一天来了一位美丽的姑娘。她的外表看起来几乎无懈可击：身材玲珑有致，充满了女性的味道，但绝不张扬。皮肤有一种珍珠般的柔和光泽，莹莹闪光而不烁目，头颈上下浑然一体，没有任何泾渭分明的色差界限，看得出是天生丽质，不是蜜粉涂抹化妆所为。五官很清俊，搭配在一起，鹅蛋脸，柳眉入鬓，只是嘴巴有点大，和中国古代的仕女形象有一点区别，但我知道，如今大嘴巴正是性感的标志。一袭粉蓝色的职业装，双腿优雅地叠架在一起，浑圆的膝盖在剪裁贴身的高档毛料下若隐若现。我们就称她为梓怡吧。

梓怡款款说来，我是从国外回来的，我知道心理医生是干什么的。不一定非要出了大问题，比如抑郁症或是要自杀什么的，才来看心理医生。我在一般人眼里很正常，甚至是太正常了。我要求教您的也是一个很正常的问题，就是——我的恋爱为什么总是无疾而终？刚开始交往得好好的，彼此都谈得来。但是深入接触之后，那些男子就都退避三舍了。真的，不是我不愿意，都是他们先打退堂鼓的。您可以想见这样的结局对我的打击有多大，也许说是打击，也不完全准确，更多的是好奇。我怎么啦？我难道配不上他们吗？我各方面的条件都很优越，说实话，我跟他们交往，已经抱了一种下嫁的姿态。我有国外的文凭，收入很高，自己有房子有车，其他的硬件条件，您也看到了，不是我自夸，真的也是百里挑一呢。而且，我也很会示弱呢！

我有点惊奇，轻声重复道，示弱？！

她说，对啊，我会把我的收入打个五折，不然太高了，会让男方自卑。我也会心甘情愿地跟着男朋友到小馆子吃饭，要知道我平日出差，都是住五星级酒店呢！我并不怕吃苦，但该让男士有表现绅士风度的机会，我是一定留给他们的……刚开始交往不久，我就会督促他们给家中的老人买礼物贺生日。倒不是我故意要装出贤惠的样子，实在是我也常常惦念自己的父母，希望大家都能有一颗孝顺之心……您说我做的还有哪些不够呢？真想不明白。

现在，不但是梓怡想不明白，连我也一头雾水了。我想，莫非那些男子真是有眼无珠，这么好的一个妙龄女子，为什么他们却不知珍惜？

心理咨询需要过程，第一、第二次见面，我们只能是互相了解，建立彼此信任的关系。临走的时候，梓怡拿出钱夹，说，我要送您一件礼物。我说，你已经按照规定交纳了费用，我不能再接受你的礼物。她微笑着说，这不是一件平常的礼物，您一定要收下。说着，她拿出一张相片。这是她本人的艺术照，照片上的梓怡更是光彩照人。我只有收下，当面拒绝接受一个人的照片，几乎等于宣战。

咨询的频率是每星期一次。在其后几天，我常常会看着梓怡的照片愣神。这样姣好的一个女子，居然很可能寂寞老去，问题究竟出在哪里呢？

终于，我找到了一个方向。梓怡下次来的时候，我说，看来你是很喜欢照相啦？她说，是啊！哪个不喜欢挽留青春呢？我说，如果不保密的话，能不能把你自己的闺房照下来给我看看？特别是墙壁的颜色。她说，这有什么难的！我装修得可精美了，也非常舒适，每间屋子的色彩都不一样。对了，您要这些图片有什么用呢？我开玩笑说，我也要装修房子，猜想你的家一定很有创意，很想学习一下呢。几天后，梓怡用电子邮件把她家的图片发来了。看得出来，她很细心，把边边角角都照了下来，的确是匠心独运，有很多机灵的小点子。其实，我是醉翁之意不在酒。

再一次见到梓怡，我说，那些男士离你而去的时间，让我来猜一猜。梓怡说，好啊，心理学家有的时候也兼算命吗？

我说，这和算命无关，只和我的一个小小推断有关。我猜他们先是和你交往了一段时间，彼此感觉都不错。然后你们约会的场所就从公园、酒吧、咖啡厅等公共场合，转到了比较私密的空间。

梓怡说，您说得一点都不错。我们总不能在凛冽的寒风中在街上走来走去吧？他们会邀请我到他们家去，但是在关系没有最后确定下来之前，我不愿早早地就见到他们的亲属，那样留给自己选择的余地就比较狭小了。我希望婚姻这件事的按钮始终在两个当事人自己的手中，这才有最大的自由。既然他们家不能去，那么到我家就比较合适了。况且，我看到一些教女孩子如何谈恋爱的书籍上写了，约会不要到陌生的地方去，要到自己熟悉的地方。您说，还有什么地方比自己的家更熟悉的呢？在我的家里，我会更安全，也更自在。

我点点头，表示深深的赞同。我说，但是，悲剧接着发生了。当你以为恋爱关系稳步向前推进的时候，男方突然表示撤退了……

梓怡哀戚地说，您如何知道的？正是这样啊……我莫名其妙，不断地追问这到底是为了什么，可他们就是不说，逼急了，就丢出一句：你一定能找到比我更好的人！这叫什么话嘛！推诿逃避，连说一句真话的勇气都没有！梓怡生起气来。实话实说，梓怡就是在生气的时候也是楚楚动人。

我说，我倒是猜出了一点苗头。

梓怡很惊讶，说，您认识他们之中的某一个人吗？

我说，不认识。可我这里有照片。

梓怡真是一个对照片很有兴趣的人，她立刻打起精神，凑过来说，谁的照片？

我把洗出来的照片摊在沙发前的茶几上。梓怡只看了一眼，就说，这有什么可看的？这不就是我发给您的我家的照片吗？

我说，对啊。你的家，你自然是最熟悉的。但最熟悉的东西，你却未必最能认清它。你看看这墙壁……

在所有的墙壁上，都镶有梓怡的大幅照片：有娇媚的，有哀怨的，有若有所思的，有充满期盼的……我说在"所有的墙壁上"，并没有夸张，就连卫生间的马桶上方，都有梓怡的靓照在俯视。在这样的地方如厕，闹不好会排泄不净。

梓怡是聪明女子，她若有所思地说，这有什么不对吗？这是我自己的家啊。

我说，对啊，如果这永远只有你一个人居住和观赏，也许问题并不很大。但是，你让另外一个人走进了你的家门，在这样一个高度自恋的氛围中，那个人很可能感到压抑。这里是你一统天下，没有他人喘息的空间了……

梓怡的故事到此为止，结局大家都可以猜得到。后来，她结婚了，对爱人非常满意。她给我打了一个电话，说，我知道心理医生的规矩是不能和来访者有密切关系的。我如果请您来参加婚礼，我以后有了什么问题，就不好再求您帮助了。所以，为了我以后还能在为难的时候找到您，我就只打这个电话告诉您我的婚讯。

我说，好啊，祝福你。

直到现在，我再也没有接到梓怡的求助。想来，她一切都还好吧。

　　如果你有很多美丽的照片，请不要把自己的家变成展示这些照片的博物馆。那无意中将是一种排斥他人、唯我独尊的信号，说明你的世界里充满了你，让人却步。高傲、自恋的女人，在让人欣赏的同时，会让人远离。男人和女人都对高度自我的人敬而远之。

优秀女子择偶难

不要忽视你身边太熟悉的人，宝藏往往就埋藏在你周围。这种忽略眼前、好高骛远的人，基本上也是忽略自我的人。当你看不起自己的时候，你也看不起周围的人。

很多女子抱怨自己找不到合适的伴侣。她们期望着优秀，不断地磨砺着自己的优秀。优秀的女子都希望找到的男子比自己更优秀，殊不知在这场觅宝的过程中，等待并不是最好的策略。你在寻寻觅觅，很多手疾眼快的女子已经把青青的果子摘下来，放在自己的篮子里，等待成熟。

一个女子要找到一个男子，如同一个螺栓要找到一个螺帽。这个比喻虽然没有"肋骨"那样血肉相连，倒是更符合工业社会的氛围。

我觉得大龄女子们常常忽略了一个基本事实。我这样说，并不是嘲笑她们的智商，而是有好几次我把这个道理讲给她们听的时候，她们脸上的惊奇之色，让我很是心疼。所以，我就不厌其烦地在这里再讲一遍，你如早已知晓，就跳过去好了。

齐眉三十岁了，真是一个好姑娘。那张脸精致得无可挑剔，只是眼角已经有了极细小的皱纹。她是社会学的硕士，在一家很好的单位任职。她说，我就想不通，那些条件好的男士，怎么就匆匆忙忙地把自己处理掉了，而不等等我们呢？

我说，齐眉，你是哪一年生人？

她说，毕老师，现在是2008年，我三十岁了。您可以算出我是哪一年出生的。

我说，还是你自己告诉我吧。

齐眉小声说，1978年。

我说，你要找的男子大约是多大年纪呢？

她说，年龄不能太大吧？最多比我大五岁。

我说，能不能选择年龄比你小一点的男生呢？

她思忖了一下说，最多只能小两岁。

我说，好了，我们对男子年龄的要求已经算出来了。他们大概是1973年到1980年出生的男子。

我又说，你对他们的身高有没有要求？

齐眉说，当然有要求了。我身高一米七，他总不能比我矮吧？还要算上高跟鞋的高度，我就算不穿那种鞋跟特别高的，三厘米的高度总是要有的。夏天，我还喜欢戴美丽的帽子，这样，他起码一米八以上。

我说，好的，我都记录在案了。学历呢？

齐眉笑起来说，这还用问吗？我都硕士了，他最低要和我一样，最好是博士、博士后什么的。

我说，还有吗？

齐眉说，当然有了。他得是城里人，不得有一大帮子乡下的穷亲戚，那样我们家不得开旅馆啊！父母得是知识分子，最好是教授。不要官员，官员一退下来就什么都不是了。他得有房子，起码要三室一厅，不然将来有了孩子，还要雇保姆，都在哪里住呢？这要先考虑周全。要有车，虽然不需要是宝马、奔驰什么的，但夏利和捷达肯定不成，本田和凯美瑞差不多。爱好体育，不能有啤酒肚、罗圈腿什么的，平足最好也没有……五官要端正，人品要好，不吸烟、不喝酒、不打麻将……收入嘛，年薪在十万元以上……

齐眉意犹未尽，还想补充点什么。我赶紧说，咱们暂且打住，你看我现在把对方描画一番，你听听看是否全面。

该男子年龄在二十八到三十五岁之间，身高一米八，书香门第，硕士以上的学历，家是城市的，有房有车，品行好，相貌好，收入好，工作好，没有不良习气，忠于老婆——

齐眉笑起来说，我可没说要忠于老婆。

我说，那么你愿意找一个不忠诚的男子啦？

齐眉说，我没说，不等于我没有要求。我觉得忠诚是不言而喻的。

我说，这样的男子好不好？

齐眉说，当然好了。这是我多年以来制定下的标准，无懈可击。

我说，你按照这个标准寻寻觅觅，直到现在还是单身，看来是没有找到。

齐眉说，找到了一个。

我说，那为什么不赶紧抓住他，把自己嫁出去？

齐眉深叹了一口气说，我找到他的时候，他已经是别人的老公了。我不能做那种没有道德的事情。况且，我真的向他示爱，他也许不会接受我。因为这样的人，对自己的家庭是很有责任感的。

我说，齐眉，咱们现在已经逼近了结论。你觉得这样的男子好，我也觉得这样的男子好，但这样的男子在人群中的比例是十分稀少的。也就是说，你要求的是一个小概率的事件。中国男子的平均身高是1.697米。中国这些年来培养出的硕士、博士以上人才，总共100万人，只占全部人口的1%以下，这其中还包括女性。你所要求的身高、学历两项，就把很多人删去了。然后还有城市户口，有房有车，年薪、家庭背景等条件，说句悲观的话，我觉得1000个未婚男子当中都难得挑出一个。这个概率太低了。

而且，你要注意，这是不能增产的。因为那些螺帽不是现在制造出来的，是早在28~35年以前就出厂了，没有办法增加配给。你只有在这个框架中挑选。你刚才说的那个例子就很典型，好不容易碰上了一个，结果早就成家立业成了人夫，你没法插足了。

说句实在话，在恋爱心理方面，男子和女子是不相同的。男子其实并不一定要找个有地位、有学历、收入高的女子为妻，他们可能更看重的是女子的温柔体贴、贤惠和顺，对自恃条件优越而颐指气使的女生，未必就趋之若鹜、曲意逢迎、百折不挠、再接再厉、生命不息追求不止。

说句不客气的话，你知道这样的男生条件好，别人也知道。这不是一个秘密，不可能藏着掖着，而是公开摆在那里，路人皆知。那些想借着婚姻这"第二次出生"来改变自己命运的女子，在这个世上大有人在。她们更具有敏锐的嗅觉和求生的本能，能更全面地具备生存的智慧，她们往往谋略更早，出手更快，更会审时度势，发现那些潜在的绩优股。更不消说齐眉你所要求的这种显而易见的卓越分子了。

试想一下，如果早市上有一把更青翠、更水灵、更茁壮的芥菜，是不是那些早起的主妇会抢先把它拣到篮子里呢？这就是婚姻的法则，你已经失去了先机，现在，要在新的形势下制订新的策略。

齐眉有点慌了，说，我不愿委屈自己。

我说，这不是委屈自己，只是适当地调整而已。

齐眉说，我想不到自己的标准中哪一点可以调整。

我说，我看最可以调整的就是男子的身高。

齐眉说，我觉得这一点最不可商量。

我说，为什么呢？

齐眉摇头叹气道，身高这个东西，没有一时一刻能逃得掉，只要你一睁眼，就看得到。一个矮个子的人，总在你面前晃啊晃的，叫人多闹心啊！拿不出手啊！

我说，这就是你的心理感受了。世界上有很多身高矮小的男人，都做出了很大的成就，这些我就不多说了。我想问你的是，你知道女子选择配偶，为什么首选高大的男子吗？

齐眉说，赏心悦目啊！

我说，这肯定是原因之一，但不是最重要的原因。况且，就连这一条，也是长久以来的文化所形成的。世界上并没有什么规定说人越高大越好。

齐眉说，这我可就有点不明白了。您告诉我，也许有助于我早早嫁出去。

我说，人们为什么喜爱高大的男子，这要从人类的进化谈起。在远古的时候，条件非常艰苦，几乎没有工具。人们在狩猎和保卫营地的时候，当然是高大的男子比较占优势，他们有更多存活下来的机会。就是受到野兽的攻击，倚仗着身高腿长，奔跑起来速度更快，这样就能有更多的机会逃脱。作为繁衍后代的女子，为了自身的安全和后代的保障，当然是找这样的伴侣比较保险了。人们就把这样的观念一代代地传了下来，现在的女孩子们就被动地接受了这个潜规则，并不去想想它有多少合理性。

齐眉若有所思，说，古代人的智慧到今天难道过时了吗？

我说，时过境迁。即使是在古代，要想得到最大的安全，也不是光凭着体力的优越就可以存活下来的，还要靠脑子灵活、身手矫健，这是毫无疑问的。证据之一就是那些矮小的男子并没有被这种残酷的生存法则淘汰光了，他们依然生机勃勃地存在着，而且这种动脑的优势越来越明显。到了现代，摆脱科学技术的帮忙，纯粹运用体力就可以得到最大收益的行当，是越来越少了。反之，需要动脑筋拼智商的事业是越来越多了。比如使用计算机，你很难说一个一米八的大汉就一定会比一个一米六的小个子操纵得更熟练。比如拿出一个最好的创意和设计方案，基本上也和该男子的身高没有关系……也就是说，现代社会让身高这个因素逐渐淡化了……

您说得有道理，可是不全面。要知道，身高不是淡化了，是更强化了。如果我告诉别人，我找的男朋友身高还没有我高，那我还不得被人笑话死了？！齐眉反驳我。

我从这反驳中听出了曙光。齐眉已经在认真地考虑这个建议了。

我说，你估计得不错。现代传媒的力量很大，他们总是把一些身材高大的男子汉展现在银幕中，逼人仰视。这是影视附和人们潜意识的结果，反过来它又把这种潜意识变成了触手可及、活灵活现的屏幕真实。作为一个现代人，要有火眼金睛，识别这种种光怪陆离底下的真相，然后从容地按照自己的心愿行事。

齐眉半晌不语，然后说，我明白了，试试看吧。

我说，好啊，你的名字很好，预祝你找到另一半，让那个成语找到另一半——举案齐眉。

一夫多妻制是否合理

一夫一妻制不一定是最终的制度，但却是现行的制度，不一定是最好的制度，但却是最稳定的制度。如果你是一个期望平顺和安宁的人，请支持这个制度并保卫它。

我在心理诊所接待过这样一位成功人士，他对我说，他有很多钱，具体的数目他就不告诉我了，因为怕吓到我。我说，我不像你想象的那样胆小。对我来说，无论钱多钱少，在人格上都是一样的。而且，我估计你的钱一定解决不了你的问题，要不然，你就不会这样千里迢迢地一大早到我的诊所里来了。

他是外地来的咨客，因为事务繁忙，他特地预约了早上第一位的访谈时间，咨询后将从诊所直接到机场，赶回去参加董事会。

他说，您说的有一定道理。但是有钱人遇到的问题和没钱人遇到的问题是不同的。

我说，如果我和你讨论钱的问题，我可能没有你经验丰富。不过你今天抽出这么宝贵的时间到我这里来，一定是打算讨论我比较内行的事情吧?

他说，好吧。是这样的，我觉得一夫一妻制度不是最好的制度。

我说，那么看来你一定是在夫妻关系上出了问题。现在，我们面临着两个方向：要么讨论一夫一妻制度是否合理，要么在这个框架之中讨论你所遇到的问题。

我们姑且把这位腰缠万贯的成功人士称作聚贵先生好了。

聚贵思考了一会儿，说，我还是想和您务虚。

我说，好啊。你对一夫一妻制度有什么意见?

他说，一个成功的男人就应该有多个配偶，这样他才能产下更多的子嗣，他的优秀基因才得以更广泛地流传。穷人就应该少生孩子，他们连自己都养不活，生了孩子让社会负担，这合理吗?

我说，你的意思是说你自己应该有多个配偶，而有些人应该一个配偶也没有，这样更有利于物种的进化。是这样的吗?

聚贵先生说，基本上是这样的吧。

我说，其实这不是什么新观点。我觉得这个规则已经实行了一亿年。

聚贵先生说，您开什么玩笑? 有人类才多少年啊? !

我说，您反问得很有道理啊。人类确实没有这么长的历史，但是动物界有。动物基本上实行的就是这个规矩，强壮的雄性胜者通吃，垄断交配权。在人类的早期社会，基本上也是这样的。在中国，直到辛亥革命之前，三妻四妾一直是合法的。所以，你的观点不是什么新发明，是复辟。

聚贵先生说，如果能这样就好了。

我说，人们之所以放弃了这个方法，可能有种种原因。其中很大的一个原因，我想是一夫一妻制更有利于安宁和平。不然同性之间为了争夺配偶而打得头破血流，引发无数杀戮和战争，破坏和谐统一，导致文明退化。再有就是从女性角度来考虑，一夫一妻制度更有利于感情的稳固和长远，也更利于抚育后代。还有一个原因，就是保护物种的多样性。不一定优良的基因就一定没有缺憾，也不一定在一轮竞赛中落后的基因就一无是处。况且，人类后代的产生，是父母基因各自先减数分裂，然后再融合在一起，成为一个新的生命，那是一个玄妙的过程，所以，也很有可能出现负负得正或是正正得负的局面。

当然了，人类在不断探索和进步，包括探索人类社会自身的组织形式。你可以找出一夫一妻制的种种弊病，但我看这一制度是迄今比较好的制度。我们现行的法律都按照这个制度运行，你一个人要想复古，恐怕十分艰难。

聚贵先生抱着略微有些秃顶的脑袋说，那我怎么办呢？

我说，你可以到还保留着一夫多妻制的某些国家去。或者，回到清朝。再有一个法子，就是放弃一夫多妻制的想法，务实地站在21世纪的中国土地上，想想你怎么走出困境。

聚贵先生说，我没法子到现在还保留着一夫多妻的国家去，我也没法子回到清朝。我只有改变了。

关于聚贵先生的困境和他走出困境的步骤，我在这里就不赘述了。总而言之，男子中抱着一夫多妻想法的人，不在少数。有些人或许没有察觉，以为自己有道德规范管着呢，不会犯这样的错误。这里其实有一点需要高度注意，雄性期待着比较多的配偶，是一种生物本能。这一点不必讳言，也不是耻辱。在人类的进化史上，这种同动物界类似的法则，也绵延过漫长年代。现行的一夫一妻制，既是一种进步，也是一种对人的本能的制约。这种制约是为了人类社会的和平和发展。起码，它在现阶段是最可行的。

认识到了这一点，我们看待这一类的出轨和变故，就比较能心平气和。

在纸上写下你的忧伤

把你不快乐的理由写在一张纸上，你会惊奇地发现，它们完全没有你想象的那样多，一般来说，它们是不会超过十条的。在这其中，把那些你不可能改变的理由划掉，比如你不是双眼皮或者你不是出身望族。然后认真地对付剩下的若干条，看看有哪些切实可行的方法可以将它们改变。

我常常用这个法子帮助自己，写在这里，供朋友们参考。

先准备一张纸，在纸上写下我纷乱的思绪。最好是分成一条条的，这样比较清晰和简明扼要。要知道，人在愁肠百结、眼花缭乱的时候，分辨力下降，容易出错。所以把复杂的问题简单化、条理化，用通俗点的说法，就是给问题梳个小辫子。实践证明，这是个好方法。

具体的操作步骤是这样的。假如你感到沮丧，就请你分门别类地把沮丧的理由写下来。假如你哀伤，就尝试着把哀伤的理由也提纲挈领地写下来。如果你也不知道因为什么，就是心烦意乱、百爪挠心、不知所措、诸事不顺的时候，也请你把所有可能导致如此糟糕心情的理由写下来。不要嫌麻烦，依此类推——当你愤怒的时候，当你寂寞的时候，当你无所适从的时候，当你自卑和百无聊赖的时候……都可以用这个法子试一试。

　　给你一个建议——找一张大一些的纸，起码要有A4纸那样大。如果你愿意用一张报纸一般大的纸，也未尝不可。反正我常常是这样开始的，引发我不适的感觉是如此强烈，深感没有一张大纸根本就写不下。数不清的理由像野兔般埋伏在烦恼的草丛里，等待着我去一一将它们抓出来。如果纸太小，哪里写得下？写到半路发觉空白地方不够了，再去找纸，多么晦气！

　　当然了，你要找一个安静的地方。你要独自一人。不要把这当成一个玩笑，精神的忧伤是值得认真对待的，我们要凝聚心力，有条不紊地打开创口。

　　我当过外科医生，每逢打开伤口的时候，我都要揪着一颗心，因为会看到脓血和腐肉，有的时候，还有森森白骨。但是，任何一个负责任的医生，都不会因为这种创面的血腥狼藉而用一层层的纱布掩盖伤口，那样只会养虎为患，使局面越来越糟。

　　打开精神的伤口也是需要勇气的。当你写下第一条的时候，你很可能会战战兢兢地下不了笔，这时候，你一定要鼓起勇气，不要退缩。就像锋利的柳叶刀把脓肿刺开，那一瞬，会有疼痛，但和让脓肿隐藏在肌肉深处兴风作浪相比，这种短痛并非不可忍受。

第一刀刺下去之后，你在迸出眼泪的同时，也会感到一点点轻松。因为，你把一个引而不发的暗疾揪到了光天化日之下。

乘胜追击，不要手软。请你用最快的速度再写下让你严重不安的第二条理由。这一次，稍稍容易了一些。不是吗？因为万事开头难啊！你已经开了一个好头，你已经把让你最难忍受的苦痛凝固在了这张洁白的纸上。这张纸，因了你的勇敢和苦痛，有了温度和分量。

第二条写完之后，请千万不要停歇下来，一定要再接再厉啊！这应该不是什么太难之事，因为让你寝食不安的事不会只是这样简单的一两件，你的悲怆之库应该还有众多的储备呢！也不要回头看，估摸自己已经写的那些东西是不是排名前后有调整的必要，只须埋头向前，一味写下。

写！继续！用不着掂量和思前想后，就这样写下去。等到了你再也写不出来的时候，咱们的"白纸疗法"第一阶段就先告一段落。

摆正那张纸，回头看一看。

我猜你一定有一个大惊奇。那些条款绝没有你想象的多！在一瞬间，你甚至有些不服气，心想造成我这样苦海无边、纷乱不止的原因，难道只有这些吗？不对，一定是什么地方出了差池，我想得还不够深不够细，概括得还不够周到，整理得还不够全面……

不要紧。不要急。你尽可以慢慢地想，不断地补充。你一定要穷尽让自己不开心的理由，不要遗漏一星半点。

好了，现在，你到了绞尽脑汁再也想不出新的愁苦之处的阶段了。那么，我们的"白纸疗法"第一阶段正式完成。

你可以细细端详这些让你苦恼的罪魁祸首。我猜你还是有些吃惊，它们比你预想的还要少得多。你以为你已万劫不复，其实，它们最多不会超过十条。

不信，我可以试着罗列一下。

1. 亲人逝去；

2. 工作变故；

3. 婚姻解体；

4. 人际关系恶劣；

5. 缺乏金钱；

6. 居无定所；

7. 疾病缠身；

8. 牢狱之灾；

9. 失学失恋；

10. ……

看到这里，你也许会说，这也太极端了吧？这些倒霉的事怎么能都集中到一个人身上呢？这种人在现实中的比例太低了！万分之一有没有啊？是的，我完全能理解你的讶然，但是，正如我们前面所说的，即使是这样的"头上长疮脚下流脓"的超级倒霉蛋，他的困境也并没有超过十条。

现在，"白纸疗法"进入第二个阶段。

把你的那些困境分分类，看看哪些是能够改变的，哪些是无能为力的。对于能够改变的，你要尽自己的努力来争取摆脱困境。对于那些不能改变的，就只能接受和顺应。

咱们还是拿那个天下第一倒霉蛋的清单来做个具体分析。

1. 亲人逝去；

2. 工作变故；

3. 婚姻解体；

4. 人际关系恶劣；

5. 缺乏金钱；

6. 居无定所；

7. 疾病缠身；

8. 牢狱之灾；

9. 失学失恋。

不能改变的：亲人逝去，婚姻解体，疾病缠身。

已经得到改变的：因为牢狱之灾，解决了居无定所。因为牢狱之灾，也就没有继续工作的可能性了，所以，第二条困境就不存在了。失学这件事，也只有等待出狱之后再做考虑。失恋这件事，虽然说并不是完全没有希望挽回，但因为恋爱毕竟是两个人的事情，假如在没有牢狱之灾的情况下，对方都已经和你分手，那么现在的局面更加复杂，和好的可能性也十分微弱，基本上可以把它放入你无能为力的筐子里面了。

可以做出的改变：

1. 在牢狱里，服从管理，争取减刑。

2. 积极治病，强身健体。

3. 学习知识和技能，争取出狱后能继续学业或是找到工作，积攒金钱，建立新的恋爱关系，找到房子，成立美满家庭。

通过剖析这张超级倒霉蛋的单子，我想你已经知道了该怎么做，我这里也就不啰唆了。毕竟每一片叶子都是不同的，每一个人遇到的具体困境和难处也都是不同的。我也就不打听你的隐私了。现在，让我们进入"白纸疗法"的第三个阶段。

第三个阶段非常简单，就是你给自己写一句话，可以是鼓励，也可以是描述自己的心境，也可以是把自己骂上一句。当然了，这可不是咬牙切齿的咒骂，而是激励之骂。

有的朋友可能还是不知道如何下笔，让我举几个例子。

有人写的是：那个悲伤的人已经走远，我从这一刻再生。

有人写的是：振作起来。不然，我都不认识你了！

还有人写的是：一切反动派都是纸老虎。

最有趣的是我曾看到一个年轻人写道：啊！我呸！

我问他，这个"我呸"，是什么意思？

他翻翻白眼说，你连这个都不懂？就是吐唾沫的意思。吐痰，这下你总明白了吧？

我笑笑说，还是不大明白。

他说，你怎么这么笨呢！像吐口水一样，把过去的霉气都吐出去，新的生活就开始了。我小的时候，每逢遇到公共厕所，氨水样的味道直熏眼睛，我妈就告诉我，快吐口水，就把吸进肚子里的臭气都散出去了……现在，我也要"呸"一下。

我明白了，这是一个仪式，和过去的沮丧告别，开始新的一天。其实也很有道理。在咱们的文化中，有一个词，叫作"唾弃"，说的就是完全的放弃。还有一个词叫作"拾人余唾"，就是把别人放弃的东西再捡回来，充满了贬义。因此，这个小伙子在一句"我呸"当中，蕴含了弃旧图新的决定。

请听凭内心

根据心理学的原则，人的行为动机无限多样，具有不可猜测性。所以，你不必时时处处知道别人怎样想，你只要很清楚地知道自己是怎样想的，就相当不错了。

也许你要说，知己知彼，百战百胜嘛！这句古话固然不错，但那充其量只是一个充满了浪漫主义的想象。有谁能在一生中百战百胜？既然不可能，那么也只有听凭内心，况且人生也不是战场，有什么必要在和别人交往中百战百胜呢？那是战争哲学，不是快乐的处世之道。

我们不能随随便便改变生命中最基本的食物，这就是我们的集体无意识。我们不能改变友爱，这是我们从远古到今天不至于灭亡的法宝之一。我们不能不歌颂勇敢，因为那是祖先的光荣，我们不是懦弱者的后代，不是，永远不是。我们必须珍视凌越一己生命之上的某些东西，因为正是它们，将我们和动物区分开来。我们只有爱好光明，不然我们会成为黑暗中的蛆虫……就这么简单。如果你想撼动某些精神的法则，只有你自己的灭失作为结局，而人类依然向前。

请消除对于生存之艰苦的怯懦。

我们有理由怕苦，怕太热，怕太冷，怕风沙，怕熊罴……总而言之，怕那些令我们不舒适的东西。

不过，所有的新发现中，都会有一些不熟悉的因子存在着，都会有风险和失败等着我们。消除这些恐惧的最简单的方式，就是不畏惧生存之艰苦。当我们的身体能够适应苦难的时候，我们的意志也往往会跟随。

重剑无锋

有一天，接到一封信，看了之后，觉得很有意思。对于这样的信，常常不知道该怎样回，拖着，就更不知道如何回了。这封信，因为有很严格的时间界限，害得我马上就提笔回复。写完之后，很是踌躇，不知道面对这份信任，自己是否说得妥当。录在这里，期待着听到不同意见。

　　毕老师：

　　　　您好！

　　　　请教您一个问题，我希望您的答案能够与众不同。不要那么俗套，让我忍，我已经忍无可忍了。也不要说些个大而无当的话，那不能解决我的具体问题。现在的局面是，我马上就要采取行动了，计划就定在下个星期一刚上班的时候。对了，说了这么半天，你还不清楚我的问题是什么，让我细细道来。我的主管是一个没多少能力的人，可他很虚伪，特别会来事，上上下下都被他哄骗了，只有我看得出他的野心。我的计划是公开揭露他一下。先把一杯残茶泼到地上，吸引整个办公室的人的注意力，然后开始慷慨激昂地一吐为快。您觉得我的计划可行吗？还有什么补充的意见？

杜力

杜力：

　　你好！

　　看了你的信，第一个感觉是碰到了一位现代侠客。侠客的显著特色之一就是"路见不平，拔刀相助"。看来你的上司主管并没有针锋相对地虐待过你。你说他特别会来事，想必他也能看出你不是一个等闲人物，对你也会安抚有加的。你的正义感和洞察力都令人钦佩，你想揭露他，是为了让大家彻底地认识这个人，而不是出于一己的私怨。我对于你要在写字楼里揭竿而起的勇气表示钦佩。

　　只是在具体的行动方针上，我有几点建议。首先，人是理性的动物，你要采取这样一个举动，目的到底是什么呢？是为了公司的发展，还是为了社会风气的整肃？是为了匡扶正义，还是为了一出心中的恶气？也许你还有很多的出发点，这就只有你自己最清楚了。我有一个小小的推论——你不会是为了表示"众人皆醉我独醒"的超群智慧吧？

在人的众多欲望中，追求卓越是根本的出发点之一。这本无可厚非，但有的时候，我们会在它的指引下采取鲁莽和过激的行动。所以，当你有时被非常强烈的冲动驱使着想做一件事的时候，不妨喝上一杯冰镇的冷水（其功效和用冷水浇头的力量差不多，只是在写字楼里，喝冰水是可以接受的，但用冷水浇头，落汤鸡似的出现在办公桌前，就有点不伦不类了）。然后安静地想一想，追问一下自己的目的究竟是什么。只有把目标搞清楚了，你才会找出最相宜的处理方法啊。比如你是不忍心看到主管的行为给公司的根本利益带来损失，你可以直接和更高一级的领导对话，坦诚地谈出自己的看法，当然你要言之有据，不可以只是感情用事把主管的人品贬斥一番就完事大吉了。还要动之以情，晓之以理，因为按照常理，公司的高层比你要更加关心公司的发展和前景，理由很简单，他们的薪水比你高，和公司的利益更加息息相关。

再有一点就是你要把自己的底线搞清楚。你的选择是会带来后果的，你现在有选择的自由，但你也要做好准备为自己的选择付出相应的代价。你说大家都被你的主管蒙骗住了，这样在某种程度上，你还是比较孤立的，算得上是一个独行侠了。如果你的行为得不到大多数人的理解，你又和主管的关系搞得很僵，从上到下的舆论可能就会一边倒，不是接受你，而更多的是主管在得分了。那样的话，很可能你就要面临被炒鱿鱼的后果，对这样的结局，你可有足够的心理准备？如果你打算破釜沉舟在此一搏，当然可以披荆斩棘昂首向前，如果你还没有做好最坏的准备，就要考虑得更缜密、周全一些。

对于你把残茶泼在地上，然后慷慨激昂地一吐为快的方案，我基本上可以同意后半部分（如果你已忍无可忍的话），而对前半部分的摔杯持斟酌态度。我不知道你们的办公室地面是花岗岩还是木地板，但不管是何种材料，泼上带有枯枝败叶的褐色汁水，都是一番污浊景象。一不留神，可能还会摔个大马趴。义无反顾时不一定要把水泼到地上，当然我明白这是你在做一个宣言，表示自己覆水难收的决心，但真正的勇敢其实不在声音的大小和举动的决绝，而更在于坚守原则的执着。

还有一种可能的办法，我有点吃不准说出来你会不会骂我，既然你如此相信我，我也就开诚布公了。那就是其实你也可以和主管做一个交流。反正你已经做好了破釜沉舟的准备，为什么不可以和这个肇事的源头来个当面锣对面鼓地敲打一番呢？有的时候，最危险的地方往往也是最安全的。你说主管讨好任何人，表面上看起来群众基础很牢固，其实内心很可能是自卑而且虚弱的，只有虚弱的人才特别热衷于讨好他人。面对一个虚弱而八面玲珑的人，最好的策略是开诚布公和勇敢。你可以把自己的要求和希望说清楚，看看他是不是会有所转变，最起码也要让他知道，你已洞若观火，请他洁身自好，保持限度。我不敢打包票说一定会有效果，但你若有兴趣，不妨历练一下。比起残茶泼地，这种处理方法可能对你的考验和挑战更大一些，结局也可能更出人意料。古代有句话，叫作"重剑无锋"，侠客，你可愿一试？

遮颜男子

一位做执业心理医生的朋友，对我讲过这样一个故事。

某日下午，也许是因为突如其来的豪雨，预约的咨客访过之后，没有新的咨询者来谈。我收拾好文件夹，预备下班，突然走进来一位年轻的男子。他西服笔挺，很有身份的样子，头上戴着一顶礼帽，帽檐压得很低，几乎看不清他的眉眼。我直觉到，这人有很深的隐秘，不愿让人知晓。他来找心理医生，想必是遇到了实在难以排解的苦闷。

他坐下来以后，对着我需他填写的表格说，就不填了吧。因为，如果你一定要我填写，我就会编一些假资料在上面，无论是对我还是对您，都是一个尴尬和可笑的过程。

我点点头说，谢谢你这样坦诚地告诉我。不过，有一些资料，你是可以如实告诉我的。你对你的名字、职务、地址、联系方式……都可以保密。但是，既然你是来和我讨论你的问题，那么关于你的婚姻情况、你的文化水准等，应是可以回答的。如果我们连这种基本的信任都没有，那么，请原谅，即使你很愿意讨论问题，我也无法接受你的要求。

他若有所思，想了想之后，在空白的名字之后，写下了职业：国家公务员。教育水准：硕士。

我说，好吧，你可以不告知我你的姓名，但是，我怎么称呼你呢？

他说，你就叫我老路好了。

你一点都不老，看起来很年轻啊。我把感想告知他。

他说，你就把我当成一个老年人吧。

这是一个奇怪的要求，但我的来访者有很多令人诧异的想法，我已见怪不怪。

我说，咱们聊些什么呢？

他清清嗓子说，你能告诉我，女人和食物有什么区别吗？

一个怪异的问题。但从他的眼睛，看得出认真和十分渴望得到答案。甚至，他还掏出了一个很精美的笔记本，想把我的话记录下来。

我说，女人和食物，当然是有非常重大的区别的。我看你是受过良好教育的人，一定晓得这两样东西是完全不同的了。我想了解，你为何想到了这样一个问题？这其中发生了什么？我觉察到了你的迷茫和混乱。

他好像被我点中了穴位，久久地不吭声。停了半天，才说，是这样的。我在政府机构里任职，现在做到了很高的位置。我的办公室里有一个秘书，是那种很优雅很干练的女孩，当然，外表也是非常漂亮的。你要知道，在当代大学生寻找工作的排行顺序里，公务员是高列榜首的，对于女孩子来说，更是一份优厚和体面的工作。这个女孩，就叫她蔻吧。蔻是我从大学生求职招聘会上特招来的，我需要一个善解人意、练达能干的女秘书，当然，还要赏心悦目。我是一个讲求品位的人，我使用的所有物件，都是高质量的。我对我的秘书要求高，也是情理中的事。蔻来了以后，很快就适应了工作，比我以往的任何一届秘书都更让我得心应手。我很高兴，觉得自己多了一条胳膊一条腿。我不是开玩笑这样说，是真心的。当你有了一个比你自己想得更周到的秘书之时，你觉得自己的生命被延长了，力量和智慧都加强了。那是很美好的感觉。事情停留在这个地步就好了，但是，关系这种东西，不是你想让它发展到哪一步就可以凝结住的东西，它一旦发生了，就有了自己的规律。因为我和蔻在一起工作的时间很长，每天都要讨论一些问题，交代一些事务，对于我是一个怎样的人，她很快就了如指掌。她说，她喜爱我的一切，从我的学识风度到细小的习惯和动作，连我的老伴非常不喜欢的我的呼噜，她都戏称是一个安详的老猫在休养生息，预备着更长久的坚守和一跃而起……你知道，一个中年接近老年的人，被一个年轻女孩这样观察和评价，是很受用的……

我听得很认真，我相信这些叙述的可靠性，不过，巨大的疑惑涌起。我说，对不起，打断一下。你一再地提到自己的年龄，还有老伴什么的说法……但是，我觉得这与实际不很吻合。

老路右手很权威地一挥，说，您先别急，且听我说。

我默不作声，迷惘越重了。

老路说，钱钟书说过，老年人的爱情就像是老房子着了火，没的救的。我和蔻的关系，燃烧起来了。是蔻点起的火，还不停地往上泼汽油。我一生操守严格，本以为自己年纪已经这样大了，从生理到心理，对于女色都会淡然。没想到，在蔻的大举进攻下，我的城堡不堪一击。连我们发生性关系的时间和地点，都被蔻以公务会面堂而皇之地写在了我一星期的计划中，那么天衣无缝。我被这个小女子安排进了一个圈套。当然，我还存有最后的理智，我对她说，这是你自愿的，咱们可要说清楚。蔻说，这都什么时候了，你这样控制？我给你吃一个药片，你就不会如此矜持了。说着，她拿出了淡蓝色的菱形药片……

我插话道，是伟哥？

老路说，是，正是。

我说，你吃了。

老路说，吃了，但是在吃之前，我还是清醒地同她约法三章：第一，我没有强迫你；第二，我不会和你结婚；第三，你不要以此来要挟我。

蔻冷笑着说，你可真是上个世纪遗留下来的人了。性是什么呢？食色性也，就是说，它是正常的，是常见的，是没什么附加条件的。当你看到了一盘美食，你肚子正好饿了，很想吃，那盘美食也很想入了它所喜爱的人的肚子，这不是一拍即合两全其美的好事吗？你还犹豫什么呢？

话说到这份儿上，我真的被这种大胆和新颖的说法所俘获。我想，我可能真是老了吧？也许是伟哥的效力来了，也许是我内心里潜伏着一股不服老的冲劲，我巴不得被这么年轻的女孩接受和称赞，我就当仁不让了……

小小的咨询室里出现了长久的停顿。空气沉得如同水银泻地。

后来呢？我问。

后来，蔻就怀孕了。老路垂头丧气。

蔻不再说那些女人和食物是等同的话了，蔻向我要求很多东西。她要钱，这倒还好办，我是个清官，虽然不是很有钱，但给蔻的补偿还是够的。但蔻不仅是要这些，她还要官职，她要我列出一个表，在什么时间内将她提为副处级，什么期限内将她提为正处级，还有，何时提副局级……我说，那个时候，也许我已经调走或是退休了。蔻说，那我不管。你可以和你的老部下交代，我有学历，有水平，只要有人为我说话，提拔我是顺理成章的事情，只要你愿意，你是一定能办得到的。我为难地说，国家的机构，也不是我的家族公司，就算我愿意为你两肋插刀，要是办不成，我也没办法。

蔻说，如果办不成，就是你的心不诚。

我有点恼火了，就算我在伟哥的作用下乱了性，也不能把这样一个小野心家送进重要的职务里啊。我说，如果我办不成，你能怎么样呢？

蔻说，你知道克林顿吧？你知道莱温斯基的裙子吧？你的职务没有克林顿高，可我的身上有的东西比莱温斯基的裙子可要力道大得多啊！

蔻现在还没有到医院去做手术，我急得不得了。我不知道向谁讨教，我就到你这里来了。当然，蔻对我也是软硬兼施，有的时候也是非常温存。我真的不知道该怎么办了，那个孩子在一天天地长大，到了我这个年纪的人，对孩子还是非常喜爱的，但我更珍惜的是我一生的清誉，不能毁于一旦啊——

我赶快做了一个强有力的手势，截断老路的话，把我心中盘旋的疑团抛出——老路，不好意思，我一定要问清楚你的年纪，因为这是你的叙述中一个非常重要的线索，你不断地提到它，并感叹自己的经历，我想知道，你究竟有多大年纪？

老路目光犹疑而沉重地盯着我，说，既然你问得这样肯定，我也没办法隐瞒了，我五十六岁了。

我虽有预感，还是讶然失声道，这……实在是太不像了。你有什么秘密吗？

这是一句语带双关的话。我不能随便怀疑我的来访者，但我也没有必要隐瞒我的疑窦丛生。

老路长叹了一口气说，你眼睛毒。我当然是没有那么大的年纪了，这是我的首长的年龄。除了年龄以外，我所谈的都是真的。只是首长德高望重，他没有办法亲自到你这里来咨询，我是他的助手，我代他来听听专家的意见，也可让他在处理如此纷繁和陌生的问题上多点参考。

说到这里，老路长吁了一口气，看来，这种李代桃僵的事对他来说也是不堪重负。

轮到我沉默了。说实话，在我长久的心理辅导生涯中，不敢说阅人无数，像这样的遭遇还是生平第一次。我能够体会到那位首长悔恨懊恼、一筹莫展的困境，也深深地被蔻所震惊。这个美丽和充满心计的女子身上，有一种邪恶的力量和谋略，她真要投身政治，也许若干年之后会升至相当高的位置。至于这位为首长冒名咨询的男子，更是罕见的案例。

我说，终于明白你开始问的那个问题的意义了。女人和食物，是完全不同的。男女之间的性关系，绝不像人和物之间的关系那样简单和明朗。它是人类有史以来最亲密的关系之一。两个不同的人，彼此深刻地走入了对方的心理和生理，这是关乎生命和尊严的大事情，绝非电光石火的一拍两清。倘若有什么人把它说得轻描淡写或是一钱不值，如果他不是极端的愚蠢，那就一定是有险恶的用心了。至于你的首长，我能理解他此刻复杂惨痛的情绪，他陷在一个巨大的危机当中。他要做出全面的选择，万不要被蔻所操纵……

那天还谈了很多。临走的时候，老路说，谢谢你。

我说，如果你的首长还想咨询的话，希望他能亲自来。老路把礼帽往下压了压说，好吧，我会传达这个信息。

朋友讲完了他的故事。我说，那位上当的老人，来了吗？

朋友说，我从他的助手临走时压帽子的动作就知道首长不会来的。

我说，这件事究竟怎样了结的？

朋友说，不知道。世上的人，究竟有多少能分清食和色的区别呢？只要这事分不清，此类的事就永不会终结。

刺玫瑰依然开放

那一天，我和这位80年代出生的女孩坐在一间有落地窗的屋子里，窗外不远处有一个花坛，花坛开放着粉红色的刺玫瑰，我们喝着不放糖和牛奶的咖啡，任凭窗帘扑打着发丝和脸颊。

女孩戴着口罩，把眼睛露出口罩的边缘，说，所有的科学知识我都知道了，可我还是害怕。我可以对你说我不害怕，可那是假的，理智不可能解决情感问题。你说我怎么能不害怕?

她指的是"非典"。2003年上半年，中国使用频率最高的一个词大概就是"非典"。医学家统计，在罹患"非典"的人群里，青壮年占了70%以上，特别是20~30岁的青年人在总发病率中占了三成比例。从这个意义上说，"非典"具有生机勃勃的杀伤性。

面对"非典",广大人群表现出恐慌,这在疾病流行早期是可以理解的。什么恐慌是最严重的呢?从我接触的人群来看,是年轻人。年幼的孩子,尚不知恐惧和死亡为何物,他们看到大惊慌,自己也跟着惊慌,但惊慌一阵子也就忘记了,在他们的字典中,恐慌基本上只和考试相连,其余的都不在话下。中老年人,除了家里有很多牵挂放不下之外,一般还比较从容,也许是因为他们年纪较大,已经或多或少地考虑过死亡了。年轻人的大恐慌,主要来自在有限的生命体验中,找不到被一种小小的病毒杀得人仰马翻的经验。人们对自己未知的事物总是充满了震惊和慌张,这是人的正常心理反应,一如我们面对着不可知的黑暗,你不知道在暗中潜伏的是老虎还是蜥蜴。如果我们有了一盏灯,我们的心里就踏实了一点。如果我们在有了灯之后又有了一根结实的棍子,信心就增长了一些。假如天慢慢地亮起来,太阳出来了,安全感就更雄厚了。科学家对于"非典"病毒的寻找和描述,就是我们在晦暗中的灯光。现在已经初步看清了这个匍匐在阴影中的魔鬼,知道它的爪子从何处伸来,利齿从何处噬咬。我们也有了一根粗壮的棍子,那就是严格的消毒和隔离措施。大多数人的恐慌渐渐地散去,一如冬季北方旷野上的薄雾。

我问女孩,"非典"在北京爆发之后,你在哪里?

她说,我在公司做职员,刚开始隔天上班,现在干脆不用去了。我的同事们很多都离开了北京,忍受不了这种恐惧的压榨。听说在北京不容易走,有人就骑着自行车跑到北京周边的地区,然后把自行车一扔，坐上汽车火车，跑回老家去了。可惜我的爷爷奶奶、姥姥姥爷都在北京，无地可去，只能和这座城市共存亡。我非常害怕……

我握了握她的手，果然，她的手指被冷汗粘在一起，像冰雹打过的鸟翅簌簌抖动。我说，我没有办法使你不怕，但有一个人能帮助你。

她迫不及待地问，谁？

我说，你自己。

她说，我怎么能帮我自己呢？

我说，你拿来一张纸，把自己最害怕的事写下来。

她站起身，拿来一张雪白的大纸，几乎覆盖了半张桌面。然后，一笔一画地写下：

第一个害怕：我还没有升到办公室的主管，就停止了前程。

第二个害怕：我按揭买下的房子，还没有付完全款。

第三个害怕：我刚刚交男朋友，还没有深入发展感情。

第四个害怕：我准备送给我妈妈一件茉莉紫的羊绒衫，还没来得及买。

第五个害怕：我上次和我爸爸吵了一大架，还没跟他和好。要是我死了，多遗憾。

第六个害怕：我热爱旅游，很想走遍世界。现在连新马泰和韩国还没去成呢，就要参观地狱了。

第七个害怕：我想减肥，还没有达到预定的斤数。

第八个害怕……

当她写到"第八个害怕"的时候，停了下来。我说为什么停笔了？她歪着头从上到下看了半天，说，差不多了，也就是这些了。

我说不多嘛，看你拿来那么大的一张纸，我以为你会写下100条害怕。请检视一下你的种种害怕，看看有哪些可以化解或减弱。

她仔细地端详着自己刚刚写下的害怕。说道，第七个害怕最不重要了，如果得了病，高烧几天，估计体重就减下来了。

我说，很好啊，凡事就怕具体化。现在，你已经没有那么多的害怕了，只剩下六条，再来具体分析。

姑娘看看手上的纸，说，有两条是可以立刻做的，做完了，我就不再害怕。

我说，哪两件事？

她说，今天我下班之后，就到商场给我妈妈买一件茉莉紫的羊绒衫，如果这个颜色商场一时无货，我就买一件牵牛花紫的羊绒衫，要是也没有，买成大枣红的也行。第二件事是和爸爸推心置腹地谈谈。我爸是个特好面子的人，所以我先同他讲话，他一定会爱搭不理的。要是以前，我才不热脸贴他的冷屁股呢！但经过了"非典"，我会比较能忍耐了。我会对他说，"非典"让我长大了，我是你的朋友，让我们像真正的朋友那样讲话，好吗？

我说，真喜欢你说"非典"让你长大了这句话。成长不但发生在幸福的时候，更多的是发生在苦难之中。

她受了鼓励，原本被恐惧刷得灰白的面庞，有了一丝属于年轻人的绯红。她继续看着恐怖清单，低声说，至于刚刚交下的男朋友，好像也不是什么值得害怕的事情，这需要细水长流慢慢了解。就算是没有"非典"，也不一定就能达到海誓山盟、男婚女嫁……

说到这里，她大概突然看到了恐怖清单上的第二条，笑起来说，至于还不上贷款这件事，我要把它开除出去。这不是我该害怕的事，最害怕的该属房地产开发商。这是不可抗力，是地产老板们最爱用于推诿的理由，想不到也可以子之矛攻子之盾，让他们头疼一回。

开发商的困境引发了女孩的幽默感，她显出些许幸灾乐祸的快乐，旋即细细的眉头又皱了起来，说，恐怖清单上不能去世界旅游这一条，无论如何是去不掉了。

我说，你要到各地去旅游，为了什么？

为了让我快乐，看我没有看过的风景，听我没听过的鸟鸣。她很快回答道。

我说，这是旅游最好的理由。只是我想问你，你可曾注意到窗外不远处的花坛里刺玫瑰在悄然开放？

她一脸茫然地说，刺玫瑰真的开花了吗？

我用手指敲敲窗子说，你往前面看。

她把脸压在玻璃上，贪婪地看着窗外，每一朵刺玫瑰都如同换牙的小童，憨态可掬。她惊讶地说，真的，在"非典"肆虐的春天，刺玫瑰居然还在开放。真怪啊，我以前怎么从来没有注意到呢？

她的目光从睫毛的缝隙中向更远处眺望，说，哦，我不但看到刺玫瑰了，我还看到国色天香的牡丹和路边卑微的蒲公英，也一样蓬勃地开放着……

她是很聪明的女孩，很快就悟出了，说，我明白了，美丽的风景不一定要到远处寻找，也许就在我们的身边。

我说，起码我们先把眼前的风光欣赏完了，再看远处无妨。

这位80年代出生的女生看看自己的恐怖清单，然后说，好吧，就算没法周游世界，我也不再害怕了。但是，我要是升不到主管就死了，这还是可怕的事。

我说，你升到主管之后会怎样？

女孩说，我还要升到部门经理，然后是总经理……

然后呢？我问。

然后就是旅游了………旅游是为了开心，是为了快乐。对啊，我最终的目的是让自己快乐。那么我如果因为害怕，抢先丧失了快乐，我就太傻了，就是本末倒置，就是一个大笨蛋……她自言自语，眼珠飞快地转动着。

那一天的结尾，是这个姑娘把那张像大字报一样的恐怖清单撕掉了。关于80年代出生的年轻人，在此次"非典"流行的过程中，交出了形形色色的答卷。比如我在电视里，就看到二十岁刚出头的女护士，英勇如同身经百战的士兵，穿戴着把人憋得眼冒金星的三重隔离服，给年纪足够当她伯父的病人做治疗和宽慰疏导。

这就是泥沙俱下的生活，这就是新的一代人。报章上有人管他们叫"跑了的一代"。我觉得在他们如此年轻的时候就遭遇到了一场突如其来的严重的灾难，是不幸也是大幸。恐惧可以接纳，却不能长时间地沉溺，逃跑更是懦夫退缩的行径。当你有能力直面灾难时，细细将它们剖析，在灾难中看到鲜花依旧在不远处开放，那就有了不再惧怕、不会逃跑的气概。

穿宝蓝绸衣的女子

在咨询室米黄色的沙发上，安坐着一位美丽的女性。她上身穿着宝蓝色的真丝绣花Y领上衣，衣襟上一枚鹅黄水晶的水仙花状胸针熠熠发光。下着一条乳白色的宽松长裤，有一种古典的恬静花香弥散出来。服饰反射着心灵的波光，常常从来访者的衣着中就窥到他内心的律动。但对这位女性，我着实有些摸不着头脑。她似乎很能控制自己的情绪，安宁而胸有成竹，但眼神中有些很激烈的精神碎屑在闪烁。她为何而来？

您一定想不出我有什么问题。她轻轻地开了口。

我点点头。是的，我猜不出。心理医生是人不是神。我耐心地等待着她。我相信，她来到我这儿，不是为了给我出个谜语来玩。

她看我不搭话，就接着说下去。我心理挺正常的，说真的，我周围的人有了思想问题都找我呢！大伙儿都说我是半个心理医生。我看过很多心理学方面的书，对自己也有了解。

她说到这儿，很注意地看着我。我点点头，表示相信她所说的一切。是的，我知道有很多这样的年轻人，他们渴望了解自己，也愿意帮助别人。但心理医生要经过严格的系统的训练，并非只是看书就可以达到水准的。

我知道我基本上算是一个正常人，在某些人的眼中，我简直就是成功者。有一份薪水很高的工作，有一个爱我、我也爱他的老公，还有房子和车。基本上也算是快活，可是，我不满足。我有一个问题——怎样才能做到外柔内刚？

我说，我看出你很苦恼，期望着改变。能把你的情况说得更详尽一些吗？有时，具体就是深入，细节就是症结。

穿宝蓝绸衣的女子说，我读过很多时尚杂志，知道怎样颔首微笑、怎样举手投足。你看我这举止打扮，是不是很淑女？

我说，是啊。

穿宝蓝绸衣的女子说，可是这只是我的假象。在我的内心，涌动着激烈的怒火。我看到办公室内的尔虞我诈，先是极力地隐忍。我想，我要用自己的善良和大度感染大家，用自己的微笑消弥裂痕。刚开始我收到了一定的成效，大家都说我是办公室的一缕春风。可惜时间长了，春风先是变成了秋风，后来干脆成了西北风。我再也保持不了淑女的风范。开业务会，我会因为不同意见而勃然大怒，对我看不惯的人和事猛烈攻击，有的时候还会把矛头直接指向我的顶头上司，甚至直接顶撞老板。出外办事也是一样，人家都以为我是一个弱女子，但没想到我一出口，就像上了膛的机关枪，横扫一气。如果我始终是这样也就罢了，干脆永远的怒目金刚也不失为一种风格。但是，每次发过脾气之后，我都会飞快地进入后悔的阶段，我仿佛被鬼魂附体，在那个特定的时间就不是我了，而是另一个披着我的淑女之皮的人。我不喜欢她，可她又确确实实是我的一部分。

看得出这番叙述让她堕入了苦恼的渊薮，眼圈都红了。我递给她一张面巾纸，她把柔柔的纸平铺在脸上，并不像常人那般上下一通揩擦，而是很细致地在眼圈和面颊上按了按，怕毁了自己精致的妆容。待她恢复平静后，我说，那么你理想中的外柔内刚是怎样的呢？

穿宝蓝绸衣的女子一下子活泼起来，说，我给你讲个故事吧。那时我在国外，看到一家饭店冤枉了一位印度女子，明明道理在她这边，可饭店就是诬她偷拿了某个贵重的台灯，要罚她的款。大庭广众之下，众目睽睽的，非常尴尬。要是我，哼，必得据理力争，大吵大闹，逼他们拿出证据，否则绝不甘休。那位女子身着艳丽的纱丽，长发披肩，不温不火，在整个两小时的征伐中，脸上始终挂着温婉的笑容，但是在原则问题上丝毫不让。面对咄咄逼人的饭店侍卫的围攻，她不急不恼，连语音的分贝都没有丝毫的提高，她不曾从自己的立场上退让一分，也没有一个小动作丧失了风范，头发丝的每一次拂动都合乎礼仪。

那种表面上水波不兴、骨子里铮铮作响的风度，真是太有魅力啦! 穿宝蓝绸衣的女子的眼神充满了神往。

我说, 我明白你的意思了, 你很想具备这种收放自如的本领: 该硬的时候坚如磐石, 该软的时候绵若无骨。

她说, 正是。我想了很多办法, 真可谓机关算尽, 可我还是做不到, 最多只能做到外表看起来好像很镇静, 其实内心躁动不安。

我说, 当你有了什么不满意的时候, 是不是很爱压抑着自己? 穿宝蓝绸衣的女子说, 那当然了。什么叫老练, 什么叫城府, 指的就是这些啊。人小的时候天天盼着长大, 长大的标准是什么? 这不就是长大嘛! 人小的时候, 高兴啊懊恼啊, 都写在脸上, 这就是幼稚, 是缺乏社会经验。当我们一天天成长, 就学会了察言观色, 学会了人前只说三分话, 未可全抛一片心。风行社会的礼仪礼貌, 更是把人包裹起来。我就是按着这个框子修炼的, 可是到了后来, 我天天压抑着自己的真实情感, 变成了一张面具。

我说, 你说的这种苦恼我也深深地体验过。在阐述自己观点的时候, 在和别人争辩的时候, 当被领导误解的时候, 当自己的一番好意却被当成驴肝肺的时候, 往往就火冒三丈, 也顾不得平日克制而出的彬彬有礼了, 也记不得保持风范了, 一下子义愤填膺, 嗓门也大了, 脸也红了。

听我这么一说, 穿宝蓝绸衣的女子笑起来说, 原来世上也有同病相怜的人, 我一下子心里好过了许多。只是后来您改变了吗?

我说，我尝试着改变。情绪是一点一滴积累起来的，我不再认为隐藏自己真实的感受是一项值得夸赞的本领。当然了，成人不能像小孩子那样，把所有的喜怒哀乐都写在脸上，但我们的真实感受是我们到底是一个怎样的人的组成部分。如果我们爱自己，承认自己是有价值的，我们就有勇气接纳自己的真实情感，而不是笼统地把它们隐藏起来。一个小孩子是不懂得掩饰自己的内心的，所以有个褒义词叫作"赤子之心"。人渐渐长大，在社会化的过程中，学会了把一部分情感埋在心中。在成长的同时，也不幸失去了和内心的接触。时间长了，有的人以为凡是表达情感就是软弱，而要把情感隐蔽起来，这实在是人的一个悲剧。

　　我们的情感，很多时候是由我们的价值观和本能综合形成的。压抑情感就是压抑了我们心底的呼声。中国古代的人就知道，治水不能"堵"，只能疏导。对情绪也是一样，单纯的遮蔽只能让情绪在暗处像野火的灰烬一样，无声地蔓延，在一个意想不到的地方猛地蹿出凶猛的火苗。想通这个道理之后，我开始尊重自己的情绪。如果我发觉自己生气了，我不再单纯地否认自己的怒气，不再认为发怒是一件不体面的事情，也不再竭力用其他的事件分散自己的注意力。因为发自内心的愤怒在未被释放的情况下，是不会像露水一样无声无息地渗透到地下销声匿迹的，它们会潜伏在我们心灵的一角，悄悄地发酵，膨胀着自己的体积，积攒着自己的压力，在某一个瞬间就毫不留情地爆发出来。

　　如果我发觉自己生气了，就会很重视内心感受，我会问自己，我为什么而生气？找到原因之后，我会认真地对待自己的情绪，找到疏导和释放的最好方法，再不让它们有长大的机会。举个小例子，有一段时间我一听到东北人说话的声音心中就烦，经常和东北人发生摩擦，不单在单位里，就是在公共汽车上或是商场里，也会和东北籍的乘客或是售货员争吵。终于有一天，我决定清扫自己这种恶劣的情绪。我挖开自己记忆的坟墓，抖出往事的尸骸。那还是我在西藏当兵的时候，一个东北人莫名其妙地把我骂了一顿，反驳的话就堵在我的喉咙口，但一想到自己是个小女兵，他是老兵，我该尊重和服从，吵架是很幼稚而不体面的表现，我就硬憋着一言不发。那愤怒累积着，在几十年中变成了不可理喻的仇恨，后来竟到了只要听到东北口音就过敏反感，非要吵闹才可平息心中的阻塞，造成了很多不必要的误会。

我把我的故事对穿宝蓝绸衣的女子讲完了。她说，哦，我有了一些启发。外柔内刚的柔只是表象，只是技术，单纯地学习淑女风范，可以解决一时，却不能保证永远。这种皮毛的技巧，弄巧成拙也许会使积聚的情绪无法宣泄，引起某种场合的失控。外柔需要内刚做基础，而内刚不是从天上掉下来的，是靠自我的不断探索。

我说，你讲得真好，咱们都要继续修炼，当我们内心平和而坚定的时候，再有了一定的表达技巧，就可以外柔内刚了。

请从老板椅上站起来

我是一名注册心理咨询师。

某次会议期间，聚餐时，一位老板得知我的职业之后，沉默地看了我一眼。依着职业敏感，我感觉到这一眼后面颇有些深意。饭后，大家沿着曲径散步。在一处可以避开他人视线的拐弯处，他走近我，字斟句酌地说，不知您……是否可以……为我做心理咨询？……我最近压力很大，内心充满了焦灼。有好几次，我想从我工作的写字楼的办公室跳下去……我甚至察看了楼下的地面设施，不是怕地面不够坚硬，我死不了……二十二层啊，我是物理系毕业的，我知道地心引力的不可抗拒……我怕的是地面上行人过往太多，我坠落的时候会砸伤他人。也许，深夜时分比较合适？那时行人较少……

他的语速由慢到快，好像一列就要脱轨的火车，脸上布满浓重的迷茫和忧郁。他甚至没有注意到我的神色，包括是否准备答应他的请求。毕竟，这里不是我的诊所，他也不曾预约。

虽是萍水相逢，从这个短暂的开场白里，我也可深刻地感知他正被一场巨大的心理风暴所袭击。

我迟疑了片刻。此处没有合适的工作环境，且我也不是在生活的每时每刻都以职业角色出现。但他的话让我深深忧虑和不安。我可以从中确切地嗅到独属于死亡的黑色气息。

是的。我们常常听到人们说到"死"这个词——"累死了""热死了""烦死了"，甚至——"高兴死了""快活了""美死了"……死是一个日常生活中的高频词，它通常扮演一个夸张的形容角色，以致很多人在玩笑中轻淡了它本质的冷峻含义。

所以，作为一名心理咨询师，精确地判明人们在提到"死亡"这一字眼的时候心理相应的振动幅度，是一种基本能力。

如果他是一个年轻人，少年不识愁滋味，整天把死挂在嘴边，我会淡然处之。如果她是一名情场失意的女性，伴着号啕痛哭随口而出，我也可以在深表理解的同时镇定自若。但他是一名中年男性，有着优雅的仪表和整洁的服饰，从他的谈吐中可以看出他是一个自我指向强烈的人。他不会轻易地暴露自己的内心，一旦他开口了，向一个陌生人呼救，就从一个侧面明确地表明他濒临危机的边缘。

特别是他在谈话中提到了他的办公室高度的具体数字——

二十二层。提到了他的物理学背景，说明他详尽地考虑了实施死亡的地点和成功的可能性，还有预定的时间——深夜行人稀少时……可以说，他的死亡计划已经基本成形，所缺的只是最后的决断和那致命的凌空一跃。

我知道，很有几位叱咤风云、外表踌躇满怀的企业家，在人们毫无思想准备的情形下，断然结束了自己的生命。关于他们的死因，众说纷纭。有些也许成了永远的秘密。但我可以肯定，他们死前一定遭遇到巨大、深刻的心理矛盾，无以化解，这才陷入全面溃乱之中，了断事业，抛弃家人，自戕了无比珍爱的生命。

心理咨询师通常是举重若轻的，但也有看急诊的时候。我以为眼前就是这样的关头。当事件危及一个人最宝贵的生命时，我们没有权利见死不救。

我对他说，好。我特别为你进行一次心理咨询。

他的眼里闪出稀薄的亮光，但是瞬忽之间就熄灭了。

我知道他不一定相信我。心理咨询在中国是新兴的学科，许多人不知道心理咨询师是如何工作的。他们或是觉得神秘，或是本能地排斥。在我们的文化里，如果一个人承认他的心理需要帮助，那就是说他精神混乱和精神分裂，是要招人耻笑和非议的。长久以来，人们淡漠自己的精神，不呵护它，不关爱它。假如一个人伤风感冒，发烧拉肚子，他本人和他的家人朋友，或许会很敏感地察觉，有人关切地劝他到医院早些看医生，会督促他按时吃药，会安排他休息和静养。但是，人们在精心保养自己的外部设施的同时，却往往忽略了心灵——这个我们所有高级活动的首脑机构。从这个意义上说，这位老总是勇敢和明智的。

他说，什么时间开始呢？

我说，待我找一个合适的地点。

他说，心理咨询对谈话地点有什么特殊的要求吗？我说，有。但我们可以因陋就简。最基本的条件是，有一间隔音的不要很大的房间，温暖而洁净，有两把椅子，即可。

他说，我和这家饭店的老板有交往，房间的事，我来准备吧。等我安排好了，和您联系。

我答应了。后来我发现这是一个小小的疏漏。以后，凡有此类安排，我都不再假手他人，而是事必躬亲。

看来他很着急，不长时间之后就找到我，说已然做好准备。我随同他走到一栋办公楼，在某间房门口停下脚步。他掏出钥匙，打开房间，走了进去。我跟在他身后进屋。

房间不大，静谧雅致，有一张如航空母舰般巨大的写字台、一把黑色的真皮老板椅，给人威风凛凛的感觉。幸而靠墙处有一对矮矮的皮沙发，宽软蓬松，柔化了屋内的严谨气氛。怎么样？还好吧？老总的语句虽说是问话，但结尾上扬的语调说明他已认定自己的准备工作应属优良等级。不待我回答，他就走到老板椅跟前，一屁股坐了下去。在落座的同时，他用手点了一下沙发，说，您也请坐，沙发舒服些。我坐这种椅子坐惯了。

我站在地中央，未按他的指示行动。

我重新环视了一下四周，对他说，房间的隔音效果看来还不错，可惜稍微大了一些。

他有些失望地说，这已是宾馆最小的房间了。再小就是清洁工放杂物的地方了。

我点点头说，看来只有在这里了，希望你不要在意。

他吃惊地说，我为什么会在意？只要您不在意就成了。

我说，关键是你啊。小的隔音的房间，给人的安全感要胜过大的房间。对于一个准备倾诉自己最痛苦最焦虑的思绪的人来说，环境的安全和对咨询师的信任，是重要的前提啊。

他若有所思地沉默着。半晌，猛然悟到我还站着，他连连说，我信任您，如果我不信任您，就不会主动找您了，是不是？您为什么还不坐下？

我笑笑说，不但我不能坐下，而且，先生，请您也从老板椅上站起来。

为什么？他的莫名其妙当中，几乎有些恼怒了。我相信，在他成功的老板生涯中，恐怕还没有人这样要求过他。

他稍微愣怔了片刻。看得出，他是一个智商很高、反应机敏的人，似乎意识到了什么，说道，您的意思，是不是我坐在这把椅子上，您坐在沙发上，咱们之间的距离太远，不利于您的工作？若是这个原因，我可以坐到沙发上去。

我依旧笑着说，这是其中的一个原因，但不是最主要的原因。我要说的是——沙发也不可以坐。不但你不能坐，我也不能坐。

这一回，他陷入真正的困惑之中，喃喃地说，这儿也不让坐，那儿也不让坐，咱们坐在哪里呢？

是啊。这个房间里，除了老板椅和沙发，再没有可坐的地方了，除非把窗台上的花盆倒扣过来。

我说，很抱歉，这不是你的过错。我作为治疗师，应该早到这间房子来，做点准备。现在，由我来操办吧。

我把老总留在房间，找到楼下的服务人员，对他们说，我需要两把普通的木椅子。

他们很愿意配合我，但是为难地说，我们这里给客人预备的都是沙发软椅，只有工作人员自己用的才是旧木椅。

我看看他身后油漆剥落的椅子说，是这种吗?

他们说，是。

我说，这就很适用。先帮我找两把这种椅子，搬到那个房间。然后，还要麻烦你们，把那个房间里的老板台和老板椅搬出去。

工作人员很快按照我的要求行动起来。在大家出出进进忙碌的过程中，老总一直双手交叉抱在胸前。我明白这一体态语言的含义是——"我弄不懂您的意思。我不喜欢这样折腾。有这个必要吗?"

我暂不理他。待一切收拾妥当，我伸手邀请他说，您请坐吧。

现在，屋内只有两把木椅，呈四十五度角摆放着，简洁而单纯。

我坐在哪里? 他挑战似的询问。

哪把椅子都可以。因为，这两把椅子是一模一样的。我回答。

他坐下，我也坐下。

……

当心理咨询过程结束的时候，他脸上浮现出了微笑。他说，谢谢您。我感觉比以前多了一点力量。

我说，好啊。祝贺你。力量也似泉水，会慢慢积聚起来，直至成为永不干涸的深潭。

分手的时候，他说，如果不是你们的职业秘密的话，我想知道您为什么让我从老板椅上站起来。难道那两把普通的木椅有什么特殊的魔力吗？

我说，这不是职业秘密，当然可以奉告。如果我估计得不错的话，在你的办公室里，一定有类似的老板椅。一坐在上面，你就进入了习惯的角色之中。我坐在沙发上，在视线上比你矮。我想，通常到你的办公室请示的下级或是商议事情的其他人员，也是坐在这个位置的。这种习惯性的坐姿，是一个模式，也透露着你是主人的强烈信息。心理咨询师和来访者的关系，不同于你以前所享有的任何关系。我们不是上下级，也不是有买卖和利害关系的伙伴，甚至不是朋友，朋友是一个鱼龙混杂的体系。我们之间所建立的相互平等的关系，是崭新而真诚的，它本身就具有强大的疗效。我会为你所有的谈话严守秘密，上不告父母，下不告妻儿。当然，对于一位女咨询师来说，就是不告夫儿了，这是一个专业咨询师最基本的职业道德。其中的每一个细节都要服从这一大局。

他点点头，表示相信我的承诺。若有所思片刻后，他又说，沙发也是很平等的啊！一般高，不偏不倚嘛！我曾提议咱们都坐沙发，可您拒绝了。沙发要比椅子舒服得多。说实话，我很多年没有坐过这般粗糙的木椅了。说完，他捶了捶腰背。

我说，你说得很对。沙发的确太舒服了，而我们不能在太舒服的环境下谈话，那样无法维持我们神经系统的警醒和思维的深度。沙发更适宜养神，从思考的角度说，木椅比沙发更有力度。

他再次点点头，说，这的确是一个新的领域，连规矩也很特别。当我下次再进入心理咨询室的时候，就会比较有经验了。

我说，下星期，我们再见。

卑微也是我们的朋友

如果你自卑，不要把这视为奇耻大辱。人人都自卑，只是我们战胜自卑的方法不一样。承认自卑是正常的，这就是胜利的第一步。

嘿！我常常收到很多人发来的信件，述说自己因为种种理由而自卑，比如个子矮小，家庭贫困，父母双亡或是单亲，受教育的程度太低，不知道某个常识而被人耻笑，开运动会买不起新的运动鞋，嗓子太粗，不能像夜莺般美妙，头太大了，说话带有明显的乡下口音，等等。

如果说这些在一般人的印象中是弱项，从而成为了自卑的理由，那么，我们比较容易理解，我还听到过有人因为自己太美丽而自卑。那姑娘讲，她付出努力所取得的一切成就，都被人归结为美貌带来的幸运，甚至还有人话里话外地敲打她是不是运用了某种潜规则。

这个清俊的女生满怀幽怨地说，我为我的相貌而深深自卑。我很想去整容，把自己整得丑陋一些，这样就可以抬起头来做人，人们就会认识到我是一个有内在价值的人。不骗你，我真的到整形医院去了，可整形师说从来没有接收过这样的病例，他想不出如何操作……

对于人人都自卑这件事，我是百分百相信。你若是不信，可以抽空看看名人的传记。几乎没有一个名人不谈到自己是自卑的。而且按照咱们上面列举的自卑理由，他们也都是"师出有名"的。

"我不如别人。我自卑，所以，我不停地努力。当年从郑州到国家队的时候，没有一个人肯定我，他们全说一米五的我打球不会打得如何。为了证明给他们看，我快发了疯，每天都比别人刻苦，我知道我的个子不如别人，别人允许有失败的机会，我没有。我只能赢，所以我打球凶狠，那是逼出来的。后来我成功了，别人又说我没有大脑，只会打球。于是我发疯地学习，英语从不认识字母到熟练地和外国人对话。我不比别人聪明，我还自卑，但一旦设定了目标，就绝不轻言放弃。什么都不用解释，用胜利说明一切！"

这段话是谁说的啊？恐怕你看完了就会知道，这是获得过十八个世界冠军、得过四枚奥运金牌的邓亚萍。

也许你要说，这么伟大的人，我们就不好比了。那容我再来录上一段普通人的自卑史。

"我曾经是个非常自卑的人，即使是现在，自卑还常常在，我觉得自己很多地方不如人。我不如A聪明，不如B睿智，不如C有才，不如D美貌如花……我只是一个普通女子，不善言，不会搞各种关系，我只会写字，通过写字证明我自己。感谢我的自卑，它让我越挫越勇，让我觉得永远不如别人，让我不敢停步，让我在人生的路上一路坚强。"

这位女子的文章常常见诸报端，你打开《读者》《青年文摘》等刊物，经常会看到她的文章。

我手边看到的资料说到，刚刚因为出演了《色·戒》而再次获奖的梁朝伟就说自己一直是个非常自卑的人。名人尚且如此，遑论我等俗众!

哦，不要把自卑看得那么可怕，这是人人都享有的一个特点。其实这话说得有语病，既然是人人都有，就不能说是特点了，只能说是常数。对于一个规律性的东西，实在没有害怕的必要，从容对待就是了。因为渺小的人类对于浩瀚的宇宙来说是自卑的，羸弱的婴孩对于伟壮的成人来说是自卑的，短暂的生命对于无涯的时空来说是自卑的。我们的种种欠缺和无奈，对于光明的期望和理想来说是自卑的。

刚才说了这么多自卑的合理性，并非要大家对自卑安之若素。其实，你接纳了自卑，你把自卑当成一个朋友，它就会以你意料不到的方式来帮助你。

为了战胜自卑，我们就会更加努力。因为自卑的持续存在，我们或许会比较少骄横。因为自卑，我们记得渺小和尊崇，这未尝不是因祸得福呢!

　　阿尔弗雷德·阿德勒认为，从人一出生，自卑感就伴随左右，之后需要用一生的时间去提高自己的技能、优越感和对别人的重要性。

　　这样看来，卑微也是我们的朋友，卑微里也有不容小觑的力量。

是怨恨还是快乐

那天，一位姑娘走进我的心理诊室，文文静静地坐下了。她的登记表上咨询缘由一栏，空无一字。也就是说，她不想留下任何信息表明自己的困境。我按照登记表上的字迹，轻轻地叫出她的名字——"苏蓉，你好。"

苏蓉愣了一下，是聪明人特有的那种极其短暂的愣怔，瞬忽就闪过了，轻轻地点点头。但我还是觉出她对自己名字的生疏，回答的迟疑超过了正常人的反应时间。这只有一个解释，那就是"苏蓉"二字不是她的真名。

因为诊所对外接诊，我们不可能核对来者的真实身份，很多人出于种种的考虑，登记表上填的都是假名。

名字可以是假的，但我相信她的痛苦是真的。

我打量着她。衣着暗淡却不失时髦，看得出价格不菲。脸色不好，但在精心粉饰之下，有一种凄清的美丽。眉头紧蹙，口唇边已经出现了常常咬紧牙关的人特有的纵向皱纹。

我说，只要不危及你自身和他人的安全，只要无关违犯法律的问题，我们这里对来访者的情况是严格保密的。我希望你能填写出你来心理咨询的缘由，这样，你对自己的问题可以有一个梳理，我作为咨询师，也可以更清晰地了解你的情况，加快工作。

听了我的话，她沉吟了一下。抓起茶几上的黑色签字笔，在表格"咨询缘由"一栏上，写下了这样一行字：

"怨恨还是快乐？我不知道。这是一个问题。"

这句话套自莎士比亚的名句《哈姆雷特》中王子的独白——"生存还是死亡，这是一个问题！"看来，这位美丽的姑娘为此已思考了很久。

我点点头，表示明白她的困境。对于一般人来说，在怨恨和快乐之间做出选择，根本就不是一个问题。所有的人都会毫不迟疑地选择快乐，这是唯一的答案，此刻的苏蓉却深受困扰。不管她的真名叫什么，我都按照她为自己选定的名字称她苏蓉。此时此刻，名字并不重要，重要的是她真实的苦恼和深在的混沌。

我说，苏蓉，究竟发生了什么，让你如此迷茫？

她微微侧了一下身子，好像要抵挡正面袭来的冷风。

我得了乳腺癌，你想不到吧？不但你想不到，我也想不到。乳腺癌的发病率越来越高，发病年龄越来越低。我还没有结婚，青春才刚刚开始。直到我躺在手术台上，刀子划进我胸前皮肤的时候，我还是根本不相信这个诊断。我想，做完了手术，医生们就会宣布这是一个天大的误会。没想到病理检验确认了癌症，我在听到报告的那一刻，觉得脚下的大地裂了一道黑缝，我直挺挺地掉了下去，不停地坠呀坠，总也找不到落脚的支点。那是持续的崩塌之感，我彻底垮了。紧接着是六个疗程的化疗，头发被连根拔起，每天看着护工扫地时满簸箕的头发，我的心里比头发还要纷乱。胸前刀疤横劈，胳膊无法抬起，手指一直水肿……好了，关于乳腺癌术后的这些凄惨情况，我知道你写过这方面的书，我也就不多重复。总之，从那一刀开始，我的生活被彻底改变了……

一番话凄惨悲切，我充满关注地望着这个年轻姑娘，感觉到她所遭遇到的巨大困境。她接着说，我辞了外企的高薪工作，目前在家休养。我想，我的生命很有限了，我要用这有限的生命来做三件事情。

哪三件事情呢？我很感兴趣。

第一件事，以我余生的所有时间来恨我的母亲……

无论我怎样克制自己的情绪，还是不由自主地把震惊之色写满一脸。我听到过很多病人的陈述，在心理咨询室里也接待过若干癌症晚期病人的咨询。深知重病之时，正是期待家人支持的关键时刻，这位姑娘，怎能如此决绝地痛恨自己的母亲呢？

她看出了我的大惑，说，您不要以为我有一个继母。我是我母亲的亲生女儿，我的母亲是一名医生。以前的事情就不去说它了，母亲一直对我很好，但天下所有的母亲都对自己的女儿好，这很正常，没有什么特别的。我要说的是在得知我病了以后，她惊慌失措，甚至比我还要不冷静。她没有给过我任何关于保乳治疗的建议，每天只是重复说着一句话，快做手术快做手术！我一个外行人，主修的专业是对外贸易，简直就是一个医盲。因为我是当事人，肿瘤到底是良性还是恶性的，医生也没敢说得太明确。但我妈妈知道所有的情况，可她就没有做深入的调查研究，也没有请教更多的专家，也不知道还有保存乳房治疗乳腺癌的方法，就让那残忍的一刀切下来了。时至今日，我不恨给我主刀的医生，他只是例行公事，一年中经他的手术切下的脏器，也许能装满一辆宝马车。我咬牙切齿地痛恨我母亲。她身为医生，唯一的女儿得了这样的重病，她为什么不千方百计地想办法，为什么不替还没成家、还没有孩子的女儿多考虑一番？！她对我不负责任，所以我刻骨铭心地恨她。

我要做的第二件事是死死绑住一个男人，苏蓉说。

看到我不解的表情，她重复道，是绑住他，用复仇的绳索五花大绑。这个男人是我在工作中认识的，很有风度，也很英俊。他有家室，以前我们是情人关系，常在一起度周末，彼此愉悦。我知道这不符合毕老师您这一代人的道德标准，但对我来说是无所谓的事情。我从来没有要求他承诺什么，也不想拆散他的家庭，因为那时我还有对人生和幸福的通盘设计，和他交往不过是权宜之计。他喜欢我，我也喜欢他，我不贪图他的钱财，他也不必对这段婚外情负有什么责任。可是，当我手术以后重新看待这段感情的时候，我的想法大不相同了。今非昔比，我已经失去了一只乳房，作为一个女人，我已不再完整。这个残缺丑陋的身体，连我自己都无法接受，更不能设想把它展现在其他的男人面前。我的这位高大的情人，是这个世界上见证过我的完整、我的美丽的最后一个男人了。我爱他，珍惜他，我期待他回报我以同样的爱恋。我对他说，你得离婚娶我。他说，苏蓉，我们不是说好了各自保留空间，就像两条铁轨，上面行驶着风驰电掣的火车，但铁轨本身是永不交叉的。我说，那是以前，现在情况不同了。打个比方吧，我原本是辆红色的小火车，有名利，有地位，有钱，有高学历，拉着汽笛风驰电掣隆隆向前，人们都羡慕地看着我。现在，火车脱轨了，零件瘫落一地，残骸中还藏着几颗定时炸弹，随时都可能引爆。车颠覆了，铁轨就扭缠到一起了，你中有我，我中有你。要么永不分开，要么玉石俱焚。听了我的决绝表态，他吓坏了，说要好好考虑一下。这一考虑就是一个月杳无音信。以前他的手机短信长得几乎像小作文，充满了柔情蜜意，现在消失得无影无踪。我不知道他考虑的结果如何，如果他同意离婚后和我结婚，那这第二颗定时炸弹的雷管，我就暂时拔下来。如果他不同意，我就把他和我的关系公布于众。他是有身份、好脸面的人，不敢惹翻我，我会继续不择手段地逼他，直到他答应或是我们同归于尽……

我要做的第三件事，是拼命买昂贵的首饰。只有这些金光闪闪和晶莹剔透的小物件，才能挽留住我的脚步。我常常沉浸在死亡的想象之中，找不到生存的意义。我平均每两星期就有一次自杀的冲动，唯有想到这些精美的首饰，在我死后，不知要流落到什么样的人手里，才会生出一缕对生的眷恋。是黄金的项圈套住了我的性命，是钻石的耳环锁起我对人间最后的温情，是水晶摆件映出的我的脸庞，让我感知到生命是如此年轻，还存在于我的皮肤之下……

她的目光没有焦点，嘴唇不停地翕动着，声音很小，有一种看淡生死之后的漠然和坦率，但也具有猛烈的杀伤力。我的心随之颤抖，看出了这佯装镇定之下的苦苦挣扎。

她又向我摊开了所有的医疗文件，她的乳腺癌并非晚期，目前所有的检查结果也都还在正常范围之内。

我确信她的生命受到了严重的威胁，但这不是来自那个被病理切片证实了的生理的癌症，而是她在癌症击打之下被粉碎了的自信和尊严。癌症本身并非不治之症，癌症之后的忧郁和愤怒、无奈和恐惧、孤独和放弃、锁闭和沉沦……才是最危险的杀手。

我问她，你为什么得了癌症呢？

苏蓉干燥的嘴唇张了几张，说，毕老师你这不是难为我吗？不单我不知道自己是怎样得了癌症的，就连全世界的医学专家都还没有研究出癌症的确切起因。我当然想知道，可是我不知道。

我说，苏蓉，你说得很对。每一个得了癌症的人都要探寻原因，他们百思不得其解。而人是追求因果的动物，越是找不到原因的事，就越要归纳出一个症结。在你罹患癌症之后，你的愤怒、你的恐惧、你的绝望，包括你的惊骇和无助，你都要为自己的满腔悲愤找到一个出口。这个出口，你就选定在……

苏蓉真是个绝顶聪明的女孩，我的话刚说到这里，她就抢先道，哦，我明白了，您的意思是我把得了癌症之后所有的痛苦伤感都归因到了我母亲身上？

我说，具体怎样评价你和你母亲的关系，这是一个很复杂的课题，我们也许还要进行漫长的讨论。但我想澄清的一点是，你母亲是你得癌症的首要原因吗？

苏蓉难得地苦笑了一下，说，那当然不是了。

我说，你母亲是一个治疗乳腺病方面的专家吗？

苏蓉说，我母亲是保健院的一名基层大夫，她最擅长的是给小打小闹的伤口抹碘酒和用埋线疗法治痔疮。

我又说，给你开刀的主治医生是个专家吧？

苏蓉很肯定地说，是专家。我在看病的问题上是个完美主义者，每次到了医院，都是点最贵的专家看病。

我接着说，你觉得主刀大夫和你妈妈的医术比起来，谁更高明一些呢？

苏蓉有点不高兴了，说，这难道还用比吗？当然是我的主刀医生更高明了，人家是在英国皇家医学院进修过的大牌。

我一点都不生气，因为这正是我所期待的回答。我说，苏蓉，既然主刀医生都没为你制订出保乳治疗的方案，你为什么不恨他？

苏蓉张口结舌，嗫嚅了好半天才回答道，我恨人家干什么？人家又不是我家的人。

我说，关键就在这里了。关于你母亲在你生病之后的反应，我相信肯定不是十全十美的，如果给她以足够的时间，也许她会为你做得更充分一些。没有为你进行保乳治疗的责任，主要不是在你母亲身上。这一点，不知道你是否同意？

苏蓉沉默了一会儿，说，我同意。

我说，一个人成人之后，得病就是自己的事情了。你可以生气，却不可以长久地沉浸其中，无法自拔。你可以愤怒，却不可以将这愤怒转嫁给他人。你可以研究自己的疾病，但却不要寄托太理想、太完美的方案。你可以选择和疾病抗争到底，也可以一蹶不振，以泪洗面，这都是自己的事情。只有心理上长不大的人，才会在得病的时候又恢复成一个小女孩的幼稚心理。在我们的文化中，有一种值得商榷的现象。比如小孩子学走路的时候，如果他不小心摔了一跤，当妈妈的会赶快跑过去，搀扶起自己的孩子，心疼地说，哎呀，是什么把我们宝宝碰疼了啊？原来是这个桌子腿啊！原来是这个破砖头啊！好了好了，看妈妈打这个桌子腿，看妈妈砸这个破砖头！如果身旁连桌子腿、破砖头这样的原因都找不到，看着大哭不止的宝宝，妈妈会说，宝宝不哭了，都是妈妈不好，没有照顾好你。有的妈妈还会特地买来一些好吃的、好玩的东西哄宝宝……久而久之，宝宝会觉得如果受到了伤害，必定是身边的人的责任——

我的话还没有说完，苏蓉就忍不住微笑起来，说，您好像认识我妈妈一样，她就是这样宠着我的。现在我意识到了，身患病痛是自己的事情，不必怨天尤人。我已长大，已能独立面对命运的残酷挑战并负起英勇还击的责任。

苏蓉其后接受了多次的心理咨询，并且到医院就诊，口服了抗抑郁的药物。在双重治疗之下，她一天天坚强起来。在第一颗定时炸弹摘下雷管之后，我们开始讨论那个高大的男人。

我说，你认为他爱你吗？

苏蓉充满困惑地说，不知道。有时候好像觉得是爱的，有时又觉得不爱。比如自从我对他下过最后通牒之后，他就一个劲儿地躲着我。其实，在今天的通信手段之下，没有什么人是能够彻底躲得掉另外一个人的。我只要想找到他，天涯海角都难不住我。我只是还没有最后决定。

我说，苏蓉，以我的判断，你在现在的时刻是格外需要真挚的爱情的。

苏蓉的眼睛里立刻蓄满了泪水，她说，是啊，我特别需要一个人能和我共同走过剩下的人生。

我说，你觉得这个人可靠吗？

这一次，苏蓉很快回答道，不可靠。

我说，把自己的生命和一个不可靠的人联系在一起，我只能想象成一出浩大悲剧的幕布。

苏蓉幽幽地吐出一口长气说，如果我是一个完整的女人，我会很清楚自己该怎么办。但是，我已残缺。

我说，谁认为一个动过手术的女人就不配争取幸福？谁认为身体的残缺就等同于人生的不幸？这才是最大的荒谬呢！

苏蓉那一天久久地没有说话。我等待着她。沉默有的时候是哺育力量的襁褓。毕竟，这是一个严峻到残酷的问题，谁都无法代替她思考和决定。

后来她对我说，回家后流了很多的泪，纸巾用光了好几盒。她终于有能力对自己说，我虽然切除了一侧乳房，依然是完整的女人，依然有权利昂然追求自己的幸福。哪个男人能坦然地接受我，珍惜我，看到我的心灵，这才是爱情的坚实基础。建立在要挟和控制之上的情人关系，我不再保留。

我们最后谈到的问题，是那些美丽的首饰。

我说，我也喜欢首饰呢，但是仅仅限于在首饰店中隔着厚厚的玻璃欣赏。我记得一位名人说过，全世界的女人都喜欢首饰和丝绸，喜欢它们闪闪发亮的光泽和透明润滑的质感。面对钻石的时候，会感觉到几千万年的压力和锤炼才能成就的那种非凡光辉。

苏蓉一副遇到知己的快乐表情，说，您也喜欢首饰，这太好了。我说，首饰虽好，但生活本身更美好。让我留在这个世界上的动力，是我要做的事情和我身边的友情，当然，还有快乐。

苏蓉轻轻笑道，我的看法和您是一致的。从此以后，我会节制自己买首饰的欲望。可能常去看看，但不会疯狂地购买了。至于以前买下的首饰嘛，我想自己留下一部分，然后把一些送给朋友们。我还是很喜爱金光闪闪和玲珑剔透的小物件，但我不必把它们像铁锚一样紧紧地抓在手里，生怕一松手遗失了它们，就等于丢掉了自己的性命……我不必用没有温度的首饰来锁住自己，相反，我将用它们把我的生活打扮得更光彩夺目。

终于，分离的日子到了。当最后一个疗程结束，苏蓉走出诊室的时候，我目送着她。我已经无数次经历过这样的时刻，伤感又令人振奋。一个心理咨询师所有的努力，都是为着这一天的早日到来。苏蓉握着我的手说，毕老师，我就不和您说再见了，咱们就此别过。因为我不想再见到您了。这不等于说我不感谢您，不怀念您。也许正是因为知道难得再见，我的思念会更加持久和惆怅。今后的某一天，也许是黎明日出时分，也许是皓月当空的时候，也许是正中午也说不定，您的耳朵根子会突然发热，那就是我在远方深情地呼唤着您。我不见您，是相信我自己有能力对付癌症，不论是身体的癌症还是心理上的癌症，只要精神不屈，它们就会败退。怨恨和快乐，这不再是一个问题，今后的关键是我如何建立自己的心情乐园。顺便说一句，即使我的癌症复发，即使我的生命走到尽头，我相信，只要我有意识地选择快乐，谁又能阻挡我呢？

她的美丽和从容，让我充满了感动。我微笑着和她道别，遵循她的意愿，也希望自己永远不再见到她。有的时候，也许是半夜时分，也许是风中雨中，耳朵并没发热，也会想起她来。我不知道她是否已经和母亲建立起了新型的关系，也不知道她是否找到了心仪的男友，不知道她的首饰盒里可曾增添了新的成员。但我很快地对自己说，相信苏蓉吧，她已经成功地把三颗炸弹摘除了，重新开始了自己新的生活。

生命和死亡如影随形

我为什么要谈论死亡？这使我像猫头鹰一样被认作不祥。

有人语重心长地对我说，人间已经有够多的恐惧和害怕，为什么还要在不痒的地方开始搔扒？何苦呢？你这不是自寻烦恼吗？如果你想给人注入希望，为什么要用这种永恒不变的黑暗之事来袭扰我们本来就千疮百孔的意志？呜呼，我们还很年轻，为什么不把死亡留给那些垂死的人去想呢？最起码，也是给那些五十岁以上的人出的题目吧。

哦，我回答。生命和死亡是如此如影随形，它们并不是像阿拉伯数字，有一个稳定的排列顺序，在19之后才是20。它们是随心所欲不按牌理出牌的，没有一个必然的节奏。要死死记住，这世界上没有任何人可以并且有能力向你承诺：你可以无忧无虑地活到某个期限之后才来考虑这个问题。死亡可以在任何地点任何时间不打任何招呼地贸然现身。

嘿，这世上有一些最重要的事情，不管你喜欢不喜欢，它们在生命的海洋里坚定地存在着。在某些特定的时刻，毫无征兆地掀起滔天巨浪。很遗憾、很确定的是——死亡就在这张清单中。

对于一个你生命中如此重要的归宿，你不去想，如果不是懦弱，就是极大的荒疏了。

古罗马的哲学家塞内加冷冰冰又满怀热情地说过："只有愿意并准备好结束生命的人，才能享受真正的人生滋味。"

我们是必死的动物，又因为我们是高等的动物，所以，我们千真万确地知道这一点。否认死亡，就是否认了你是一个真正有脑子的人。你把自己混同于一只鸡或是一条毛虫。在这里，我丝毫没有看不起鸡和毛虫的意思，只是明白人与它们是不同的物种。

奥运会开幕式、闭幕式的时候，人人都害怕天公不作美，降下雨滴。如果甘霖洒下，尽管对于干旱的北京是解了渴，但那些精心排练的无与伦比的美妙场景就会大打折扣。人们在不断逼问气象学家那天晚上究竟会不会下雨的同时，也热切地寄希望于我们的高科技，可以将雨云催落他乡。

开幕式的时候，我正在墨西哥湾上航海。当我回到家中，查找到开幕式的报纸，果然看到报道，那一天晚上阴云奔突，为了防止在鸟巢上空降雨，有关部门发射了催雨的火箭，将水汽提前搅散，让那传说中的雨降在了别处。于是，亿万人才看到了鸟巢璀璨晶莹的完美夜景，听到激越躁烈的击缶声震荡寰宇。可见，催化剂这种东西的魔力，在于将一桶必然要爆炸的火药提前引动，变得无害而可以忍受。它在某种程度上可以化腐朽为神奇，保障了最重要的阶段完整无缺。

思考死亡就是这样一种精神的催化剂，可以把人从必死的恐惧中升华到更高的生存状态——那就是兴致勃勃地生活。对于死亡的觉察，如同手脚并用地攀爬了一座高山。山顶上，一览众山小，使人不由自主地远离了山脚、山腰处万千琐事的凝视，为生命提供辽远、开阔和完全不同的视角。

你如果听了上述这些话，还是对探讨这个问题心有余悸，那么，在我束手无策之前，容我给你开一张空白的心灵支票吧：对于死亡的思考，可以拯救你生命的很多时刻。对死亡的关切，有可能让你的生命有一种灿灿金光。虽然随着岁月流逝，身体会不断枯竭，但精神能越来越健硕。

只是这张支票兑现的具体日期和数额，要由你自己来填写。谁都不能代替谁思考。不知你内心的恐惧还会持续多久？

有个女子说，她以前有一个习惯，就是从来都不彻底地完成一件事情。本子总是用不完的，要留下几张纸；喝水会把底儿留在杯子里，美其名曰"有水根儿（就是水碱）"，喝了要得肾结石的，这借口虽明知荒谬，也还是一再重复着，哪怕是喝瓶装的纯净水，也绝不喝干；因为怕离别，她总会提早从聚会的场所离开，总能找到各式各样的理由让自己抽身；甚至吃饭菜的时候，都不会吃完，留下一口，并认为这是礼貌；打扫房间，也不会彻底，留下一个角落，说等下一次再来清洁吧，从小长辈就觉得她这是偷懒，说过无数次，她就是不改。

大家看到这里，也许会说，这不过是很多人都有的小毛病，充其量也不过是个说不上好也说不上不好的习惯。当然了，如果事情仅仅停留在这个阶段，也许人们都还能容忍，但是，每个人行事的规律，无论大事小事，内里其实都是惊人地相似。

这女子工作以后，无法在任何一个单位待到两年以上，总是不断跳槽，有时有明确的原因，有时自己也说不明白，好像完全找不到充分的缘由，只是突然想走就走了。冲动一起，是那样难以克制，似乎在逃避、躲避什么可怕的东西，唯有中断，才是出路。再后来，她连自己的婚姻也坚持不下去了，厌倦、恐惧和平淡，让她最终选择了放弃。

不过，这世界上好的男人，比起好的工作，似乎要少。况且就算是工作，如果那个单位满员，你也无法插入。婚姻更是具有鲜明的排他性。鹊巢鸠占，鹊就回不来了。她的主动退场，很快就让别的虎视眈眈的女子填补了空白。当她意识到自己的前夫多么难得的时候，金瓯已缺，丧失了恢复原状的可能。

她是如此苦恼，如此憔悴。在庞杂纷嚣的混乱之下，我一时也一筹莫展。如同面对一张沾满了蛛网的条案，纵横交错，不知道哪里才是混乱的支点。

关于漫长的谈话过程，我在这里就不赘述了，感谢她的无比信任。我后来才知道，匍匐在她内心的蜘蛛是自幼年就潜藏下的恐惧。她在非常幼小的时候连续失去亲人，棺材前摇曳的烛火、

230

血肉模糊的尸身，都让她对终结的恐惧变得如此根深蒂固。这恐惧化身为"不要把事情做到底"的潜意识，如同魔咒，贯穿了所有岁月。她给自己定了一条规则，也算是"潜规则"吧——只有逃避结束，才能对抗死亡。

说到底，我们对于死亡的恐惧是会化装的，会以各种各样我们匪夷所思的模样乔装打扮出现。惧怕死亡就如同一根粗壮的藤，蜿蜒盘曲结着不同的瓜。也许是人际关系的不和睦，也许是做事的极端完美主义，也许是关键时刻的优柔寡断，也许是婚姻和感情的破坏与纷扰……如果你无法长久地保持安宁的心智，经常出现无法描述的悲伤或烦躁，很可能就是在死亡这个问题上没有直面的勇气。总之，对死亡的恐惧如同百变妖魔，有万千种表现手法。原谅我带一点武断地说，每一个无以解释的焦虑之梦背后，都是死亡之魔起舞的广场。

对此，最好的方式，就是在源头上把这件事搞清楚，从此不怕死，把死亡视为一个成熟的过程，有勇气饮尽生命的最后一滴甘露，之后从容安详地赴死，变成细碎虚空的分子，与宇宙合为一体。在这之前，有滋有味地生活。

死亡的过程对每一个人来说，都是一项崭新的学习体验。为什么你一定要一直想着你老了、老了？为什么要一次又一次踮起脚来张望归途？

有朋友曾经这样气恼地问过我，她觉得我不断地谈论死亡必将到来，让她噤若寒蝉。她说，你的文字通常是安详和温暖的，但那些关于死亡的论述夹杂其中，就像一些粗粝的贝壳碎片，会刺破手心的皮肤，让人淌血。

我说，既然死亡是一个规律，为什么不能讨论？既然归途本来就存在，为什么不能张望？为了保持我整个生命的质量，为了当我发白齿稀之时仍然能保有尊严和快乐，我就要提前下手了。如果你不快，那么我很抱歉。不过请原谅，我还是要这样做。

一场没有时间表的宴席

某医生专门为癌症晚期病人做治疗，门庭若市。

我说，癌症晚期，基本上回天乏力。那么多人趋之若鹜地来求助你，你有什么绝招秘方？难道有家传秘方吗？

医生说，没有。我没有任何诀窍。全世界治疗癌症的方法就那么多，都在书上写着呢。我要是有起死回生之术，就去得诺贝尔医学奖了。

我说，那很奇怪，人们为什么都来找你呢？

头发花白的医生平静地说，我只是陪着那些得癌症的人走完人生的最后一程路。

要知道，这种陪伴并不容易，要有经验，要知道跟他们说些什么，要能忍受一次又一次的永诀。

癌症病人不知道这种时刻该怎么办，包括他们的亲人，也很茫然。人们通常用两种方法，要么装着那件事——你知道我指的是什么，就是死亡——离得很远，好像根本就不会发生似的，谈天说地言东道西，但就是不提及此事。

这让那个就要死去的人无比孤单。他知道那件事就要发生了，他已经收到了确切的预报。但大家好像都不理睬，完全不在意这件事。他也不知道自己该如何揭开这个可怕的盖子，困窘无措。后来，他会想，既然大家都不谈，一定是大家都不喜欢这件事。我马上就要离开人间了，既然大家都不乐意说说这件事，那么，我也不说好了。于是，死亡就成了一个众所周知的秘密。

家人对每一个来探望病人的人说，他的病情很严重，可能马上就要离世了，可他自己一点也没有意识到。拜托你们了，千万要装得很快活，不要让病人难过。

人们就彼此心照不宣，群起对那个濒死之人保守秘密。那个濒死之人则没有勇气破坏大家的好意，索性将错就错，任凭那个谎言越滚越大，直到成为厚厚的帐幔。要知道这种在最亲近的人之间设起的屏障，是非常耗费能量的。于是，病人就想早早结束这个局面，他们甚至更快地走向了死亡……

那么，你是怎么做的呢？我问。

很简单，我只跟他们说一句话。医生说。

一句什么话呢？我好奇。

我只跟他们说，在最后的时间到来之前，你还有什么心事吗？我可以帮你做些什么？我会尽全力来帮助你。医生这样回答。

就这些吗？我有些吃惊。因为这实在是太简单了，简单到令人难以置信。

就这些。很多要死的人，对我讲了他们的心事。他们对我很信任，没有顾忌。我从不试图安慰他们，那没有意义。他们什么都知道，比我们健康的人知道得更多、更清楚。

临死的人，有一种属于死亡的智慧，是我们这些暂时的生存者无法比拟的。对这种智慧，你只有钦佩、匍匐在地。你不可能超越死亡，就像你不能站得比自己的头更高。医生说着，视线充满敬意地看着面前偏上的方向，好像在那里有一束自天宇射下的微光。

我说，您和很多要死的人讨论过各式各样的未了心愿吗？

医生说，是的，很多。几乎所有的人，都有未了的心愿。我甚至因为和他们讨论这些事而出名，他们会在彼此之间传布我的名声，说临死之前一定要见见我，这样才死而无憾。

我说，能跟我讲讲临死之人最后的心愿都是什么吗？

医生淡淡地笑笑说，您这样问，可能以为那些临死之人的想法一定都很惊世骇俗，很匪夷所思。其实，完全不是这样。因为都是一些普通人，他们的想法也很平常，甚至是太微不足道了，他们因为觉得不足为外人道，都有些不好意思。只是因为知道我是一个专门研究癌症晚期病人心理的医生，他们觉得我不会笑话他们，才愿意对我敞开心扉。这样一传十、十传百地，就慢慢有了口碑。其实，我不过是帮助他们达成心愿，让他们无怨无悔地走完最后的路程。

我说，可是你还没有把他们最后的心愿告诉我，是不是保密呢？

医生说，并不保密，我是怕你失望。好吧，我告诉你，你一定会想到他们要求我帮助完成的心愿，可能是找到初恋的情人，或是哪里有一个私生子这样稀奇古怪的事情。这种事情我不敢说从来没有过，但真的非常少。普通人临终之前，多半想的都是完成一些很具体甚至很微小的心愿，比如对谁道个歉，找到某个小时候的玩伴，还谁一点小钱……并不难的。也许，有些活着的人以为这些不值一提，家里的人也可能觉得太琐碎，未必会记在心上。不过，我听完之后，都会非常认真地完成。

我说，您能给我举个具体的例子吗？

医生沉思了一下，说，好吧。我刚刚帮助一个患癌症的女子完成了她最后的心愿。

我说，什么心愿呢？

医生说，这女人是个厨师，病入膏肓，将不久于人世。她是慕名而来，对我说，我有一个心愿，可是对谁都不能说。听说无论多么奇怪的心愿，你都不会笑话我们，所以我才找到你。

我说，请放心。请把你的心愿告诉我，我会尽力帮你完成。

女人说，我从小就学做厨师，现在，我就要走了。我的心愿是再做一桌菜。

我点点头说，哦，这很难吗？

女人说，是的，很难。因为长期化疗，我舌头上的味觉器官完全被破坏了，根本就尝不出任何的味道。我的胳膊打了无数次针，肌肉萎缩，已经掂不动炒勺。我不能行走，已经不能上街，不能亲自采买食材和调料。我长期住在医院里，很快就要从病床直接到天堂去了，附近根本就没有厨房。另外，谁来吃一个癌症晚期病人做的食物呢？因此，我这个愿望几乎是不可能实现的。

我说，谢谢你对我的信任。我明白你的愿望了。让我来想一想。

几天以后，我找到她，说，我能帮助你实现愿望。

那个女人瘦弱而苍白的脸庞因为过分的激动而显出病态的酡红，她伸出枯枝一样的手，哆嗦着说，真的吗？

我说，千真万确。现在，你只要定好菜谱，我们就可以开始了。

她不相信，问，灶台在哪里呢？

我说，我已经和医院的厨房说好了，他们会空出一个火眼，专门留给你操作，甚至还给你准备了雪白的工作服。你可以随时使用这个炉灶。它从现在开始就属于你了。

那个女子高兴极了，好像是剑客得到了一柄好剑，两眼闪光问道，那么，我所用的食材和调料如何采买呢？您知道，我已经没有力气走五步以上的路，出不了医院大门的。

我说，我会为您派一个助手，完全听您调遣。您需要什么样的蔬菜和肉类，还有特殊的调味品，只要您列出来，他就会按照您的意思一丝不苟地去准备。他一定会像您亲自去采买一样，让您满意。您要是不满意，他就再去寻找，总之，一定做到尽善尽美。

女厨师很高兴，但还不放心，说，我还有一个问题。我现在体力不支了，一桌菜最少要有八道，可是，我一顿做不出来那么多，只能一道道来做。这样是否可以呢？

我说，当然可以。一切以您的身体承受力为限。

女厨师说了这么多话，似乎把全身的力气都用完了。她把眼睛闭起来，许久许久都没有睁开，我几乎以为她再也不会把眼睛睁开了。虽然，我知道这是不会发生的，她的愿望还没有完成，她不会轻易到死神那里报到。

果然，停顿了很长一段时间之后，她缓缓地睁开眼睛。眼帘打开的速度是如此缓慢，简直像拉开一道铅制的闸门。她说，医生，我知道你是在安慰我。

我说，这不是安慰。你将完成的是一桌真正的宴席。

女厨师凄然一笑说，好吧。就算是一桌真正的宴席，可是，谁是食客？谁来赴宴？谁肯每天只吃一道菜，遥遥无期地等待着一场没有时间表的宴会呢？

我说，我已找到了食客，他会吃下你做的每一道菜。

医生说到这里，就安静下来，好像他的故事讲完了。

我说，后来呢？

医生说，开始了。

我说，能吃吗？

医生说，真的有人吃了。

我说，好吃吗？

医生迟疑了一会儿，说，那个人告诉我的真实感觉是：刚开始，她做的菜还算是好吃的。虽然女厨师的味蕾已经完全损毁，虽然她本人根本就没有任何胃口，但女厨师凭着经验还是把火候掌握得很准，调料因为用的都是她指定的品牌，她也非常熟悉用法、用量。尽管她不能亲口品尝，各种味道的搭配还是拿捏得相当不错。不过，她的体力的确非常糟糕，手臂骨瘦如柴，根本就掂不动炒勺，她又坚持不让助手帮忙，结果食材受热不均匀，生的生，煳的煳。到后来，女厨师的身体急剧衰竭，视力变得模糊了，她的烹调受到了很大限制，很多调味品只能是估摸着投放，菜肴的味道就变得十分怪异了。尤其有一道主菜，需要的用料很复杂，她开列出的单子，足有一尺长。我分派给她的助手向我抱怨多次了，说按照女厨师的单子到市场上去采买，去的是她指定的店铺，买的是她指定的品牌，产地和品种都没有一点问题。可拿回来之后，她硬是说不对，让助手把原料统统丢了，重新再买。助手说，我真不知道这是怎么回事。她的癌症是不是已经转移到了脑子？

我安慰厨师助手说，你是在帮助一个人完成最后的心愿，你要用最大的耐心来做这件事。

助手说，这个工作要持续多久呢？我都要坚持不住了。

我说，也许不要很久，也许要很久。不管多久，我们都要坚持。

我忍不住插嘴问，那你们究竟坚持了多久呢？

医生说，21天。从女厨师开始做那桌菜到最后她离世，一共是整整三星期的时间。我记得很清楚，开始是在一个星期六，结束也是在一个星期六。星期天的时候，她的丈夫来找我，说女厨师在清晨的睡梦中非常平静地走了。女厨师前一晚临睡前说非常感谢医生，并让自己的丈夫把一封信送给我。

我刚要开口，医生说，你想问我那封信里写了什么，对吧？我可以告诉你，那其实不是一封信，只是一个菜谱，就是那道没有完成的主菜的菜谱。女厨师的丈夫说，女厨师很抱歉，她不是不能做出这道菜，之所以让助手一次次地把材料放弃，是因为她知道自己已经没法把这道菜做得非常美味，实在是心有余而力不足。为吃菜的人考虑，还是不做了吧。为了弥补遗憾，就把这道菜谱奉上，转给食客，以凑成完整的一桌。

我说，那些菜肴都是谁吃下的呢？

医生说，我，每次都吃得非常干净，从没有剩下过一片菜叶。

分泌幸福的﹁内啡肽﹂

我曾看过一则新闻：英国有家报社，向社会有奖征答"谁是最幸福的人"，然后排出第一种最幸福的人，是一个妈妈给孩子洗完澡，怀抱着婴儿；第二种最幸福的人，是一个医生治好了病人并目送他远去；第三种最幸福的人，是一个孩子在海滩上筑起了沙堡；备选答案是，一个作家写完了著作的最后一个字，放下笔的那一瞬间。

看完这则不很引人注目的报道，那一瞬间，我真的像被子弹打中一样，感到极度震惊——这四种状况都曾集于我一身，但是，我没有感觉到幸福！

我为什么没有幸福感？有了这个问号后，我就去观察周围的人，这才发现，有幸福感的人是如此之少。有一年，我拿出贺卡看了看，结果发现最多的是"祝你幸福"，这可能是中国人的集体无意识，所以才会觉得是永远的吉祥话。

可是，幸福的本质是什么东西呢？

日本春山茂雄博士《脑内革命》一书说，当我们感知幸福的时候，其实是生理在分泌一种内啡肽，即幸福感是体内内啡肽的分泌。从罂粟里提炼的吗啡是毒品，它的魔力正是在于它的分子结构模拟了生理基础上的内啡肽，让你体验到一种伪装的、模拟的快乐。当你觉得真正快乐的时候，例如接到大学录取通知书时，如果去抽血查验体内的生化水平，你的内啡肽水平是很高的。

据春山茂雄研究，人体内啡肽的分泌，和马斯洛"需要层次"的金字塔理论惊人地吻合：吃饭能带来愉悦，人在生理基础上是快乐的；然后，在实现安全、爱和尊严的需要的过程中，伴随着更大量内啡肽的分泌，让你感知自己的幸福；最重要的是，当你完成自我实现的时候，内啡肽就到达非常高的水平，远远超出吃饭带来的幸福感。

这种生理和心理的结合，使我觉得，能够体验到幸福感，是一个需要训练、感知且不断提高的过程，因为幸福不是与生俱来的。

我觉得世界上的幸福首先来自一个坚定的信念。

我常去高校和大学生交流，给我最多的感觉是，他们面临着一个非常重要的问题——人生观的确立和价值观的走向，即人为什么活着。

经常有媒体采访我的心理咨询中心，最喜欢提的问题是："咨询最多的问题是什么？"我说，心理咨询室这张米黄色的沙发如若有知，一定会一次次地听到来访者在问："我为什么活着？"我觉得人是追索意义的动物，尤其是年轻人，都曾经无数次地叩问这个问题。

以前，我们喜欢用灌输式的方法，从小将主义、理想或目标灌输给孩子，希望能够在他心中扎下根，成为他一生的坐标。可我现在发现，一个人的目标，一定需要他自己经过艰苦的摸索，然后在心理结构里确立下来，否则，无论我们多么用心良苦、谆谆教导，它真的只是一个外部的东西。

其实，每个人都早早地确立了一生的目标，因为它原本已存在于你的内心：从童年经验开始，你所热爱、尊敬、向往、要为之奋斗的东西，其实早已植根于心里，只不过被许多世俗的东西、繁杂的外界所影响，甚至被遮蔽了。当一个人开始有意识地关注自己的心理健康时，那是在整理他的心理结构，然后明白心中取得最主打作用的架构和体系。

我曾在一所非常好的大学做讲座，台下有学生递条子说："毕老师，我想问问你，我年轻貌美，又有这么好的大学文凭，要是不找一个大款把自己嫁了，我是不是浪费了资源？"我想，在大学生寻找目标的迷茫过程中，能够有这种朋友式的探讨，是特别重要的。

另外，我觉得自我形象的定位是幸福感来源非常重要的一部分。

在大学生自我形象的构建里，有一部分是他们的"出身"（阶层）：他们从各种阶层突然聚合到一起，大学虽是个相对小的、封闭的环境，却也是整个社会的缩影，因此，如何看待自己不可选择的出身阶层，这是自我形象非常重要的部分。另外一部分是他们的学业，包括学习的能力、智商的能力、人际交往的能力等，可归为自己奋斗来的部分。

然而，还有特别重要的一部分，就是外在条件——长相。

我曾在一所大学做关于自我形象、自我认知的讲座，请台下的学生回答：你们有谁曾经为自己的长相自卑？结果齐刷刷地举手——所有的人都自卑！

我当时一下子不知该如何反应，没料到当代年轻人在相貌问题上居然有如此大的压力。

后来，我悄悄问一位女生，问她为自己相貌的哪一点自卑，我实在找不着——她身材窈窕、黑发如瀑、明眸皓齿、肤如凝脂，真的是美女。

她说，我有一颗牙齿长得不好看。

我说，哪颗牙齿？

她说，第六颗牙齿。

我说，谢谢你告诉我，否则站在对面看你一百年，我也看不出你那颗牙齿不好。

她说，你不知道，可是我知道。我不敢笑，从来都是抿着嘴只露出两颗牙齿。同学都说我多"冷"、多高傲，其实，我只是怕人看到第六颗牙齿。男生追求我的时候，我就想，我一颗牙齿不好，他还追求我，肯定是别有用心，于是放弃了好几个条件很好的男生。

我觉得，当一个人不能接纳自己，不能和自己友好地相处的时候，他就不能和别人友好地相处。因为，他对自己都那么百般挑剔、那样苛刻，又怎能和别人有真诚的、良好的沟通与关系？

其实，我挺欣赏基督教里的说法：接受你不可改变的那一部分。我们可以列一列，像出身的阶层、长相及缺陷，这些是我们不可改变的，而我们能够去修炼、弥补和提高的，就是我们可改变的那一部分。

面对一个我们不可改变的东西，该如何对待它，每个人的答案是不一样的，而这个不一样的答案却可能深刻地影响我们的一生。比如，一个人认为他丑，就认定自己完全不会幸福了，觉得他既然这么丑，有什么权利得到幸福？一个人说他很贫寒，为什么别人可以含着银汤匙出生，而他却含着草根出生？

面对种种不平等，我常跟年轻人说，不平等是社会有机组成的一部分，而让它变得更为平等，是你义不容辞的责任之一。

首先，你要丢掉幻想，坦然接纳不公平、巨大的差异或先天不良。然后，对于自己可改变的部分，你就要细细地分析，找出自己的优缺点，是优点就让它更好，是缺点就要去弥补，尤其要突出优点，把自己光彩照人的方面表达出来。因为中国文化特别容易告诉你哪里不行，生怕你忘了自己的缺点，而你有什么优点，告诉你的人可不太多，所以要坦然接受自己的优点，将它发扬光大。

心理咨询中心来过一位留英硕士，月薪12万元，可他将自己说得一无是处，弄得我都心酸。我才知道，一个人接不接纳自己，其实不在于外在的条件，也不在于世俗的评判标准，而完全在于他内心框架的衡量。

我通常咨询完了不会给谁留作业，但那天我说，我给你留个作业：下星期来见我之前，你要写出自己的15条优点。

他快晕过去了，说，我怎么能找到15条优点呢？至多也就找出一两条。这个世界上，可能只有您相信我还有优点，我父母就不相信我有优点，所有人都不相信我有优点！

我说，你老板起码相信你有优点吧，否则怎会出月薪12万元雇你？

他突然在这个事实面前愣了半天，然后说，噢，那我试试看。

所以我觉得，应该去认识自己的长处，将它发扬光大，去接纳那些不可改变的东西。当你能够坦然地面对自己的时候，其实也就可以坦然地面对世界——放下包袱后，你才可以轻装前进。

费尔巴哈说过："你的第一责任是使你自己幸福。你自己幸福了，你也就能使别人幸福，因为，幸福的人愿意在自己周围只看到幸福的人。"